人文
诗散
丛书

王单单◎著

借人间避雨

河北出版传媒集团

花山文艺出版社

河北·石家庄

图书在版编目（CIP）数据

借人间避雨 / 王单单著. —石家庄：花山文艺出
版社，2021.3

（"诗人散文"丛书）

ISBN 978-7-5511-5438-3

Ⅰ.①借… Ⅱ.①王… Ⅲ.①散文集－中国－当代

Ⅳ.①I267

中国版本图书馆CIP数据核字（2020）第247040号

策　　划：曹征平　郝建国

丛 书 名："诗人散文"丛书
主　　编：霍俊明　郁　葱　商　震
书　　名：**借人间避雨**
　　　　　Jie Renjian Biyu
著　　者：王单单

责任编辑：杨丽英
责任校对：李　伟
装帧设计：王爱芹
美术编辑：胡彤亮
出版发行：花山文艺出版社（邮政编码：050061）
　　　　　（河北省石家庄市友谊北大街330号）

销售热线：0311-88643221
传　　真：0311-88643234
印　　刷：河北新华第二印刷有限责任公司
经　　销：新华书店
开　　本：880mm×1230mm　1 / 32
印　　张：6.375
字　　数：120千字
版　　次：2021年3月第1版
　　　　　2021年3月第1次印刷
书　　号：ISBN 978-7-5511-5438-3
定　　价：40.00元

第二季总序

◎霍俊明

花山文艺出版社在2020年1月推出《"诗人散文"丛书》（第一季），收入翟永明《水之诗开放在灵魂中》、王家新《1941年夏天的火星》、大解《住在星空下》、商震《一瞥两汉》、张执浩《一只蚂蚁出门了》、雷平阳《宋朝的病》以及霍俊明的《诗人生活》，共计七种。《"诗人散文"丛书》（第一季）推出后，立刻引发诗歌和散文界的高度关注并成为现象级的出版个例。

庚子年是改变世界的一年，我在和一些诗人以及作家朋友的交谈中注意到，很多人的文学观甚至世界观正在发生调整和变化。在写作越来越强调个人而成为无差别碎片的写作情势下，写作者的精神能力、写作经验以及文体观念都受到了一定的忽视或遮蔽。由此，"诗人散文"正是应对这一写作难题的绝好策略或路径之一。

此次《"诗人散文"丛书》（第二季）的入选者是国内具有影响力的老中青年三代诗人，包括郁葱《江河记》、傅天琳《天琳风景》、李琦《白菊》、沈苇《书斋与旷野》、路也《飞机拉线》、邰筐《夜莺飞过我们的城市》、王单单《借人间避雨》。

由这些面貌殊异、文质迥别的文本，我们必须强调"诗人散文"并非等同于"诗人"所写的"散文"，而是意味着这近乎是一个崭新的话语方式。这一特殊话语形态的散文凸显的是一个写作者的精神难度和写作能力，它们区别于平庸的日常化趣味，区别于故作高声的伪乌托邦幻梦，同时也区别于虚假的大主题写作和日益流行的媚俗的观光体和景观游记。甚至在一定程度上这些"诗人散文"因为特殊的诗人化的语调、修辞、技艺以及个人化的历史想象力和求真意志的参与而呈现出别样的文本质地和思想光芒。

他们让我们再次回到文体和写作的起点和初心，如果没有持续的效力、创造力以及发现能力，文学将会沦为什么样的不堪面目？

然而吊诡的是我们越来越迫不及待地谈论和评骘此刻世界正在发生的、作家们急急忙忙赶往现实的俗世绘。与此同时，人们也越来越疲倦于谈论文学与现实的复杂关系。由此，我们读到的越来越多的是"确定性文本"，写作者的头脑、感受方式以及文本身段长得如此相像却又往往自以为是。

蹭热度的、媚俗的、装扮的、光滑的、油腻的文本在经济观光带和社会调色板上到处都是。这既是写作者个人的原因，也是整个文学生态和积习使然。一个作家不能成为自我迷恋的巨婴，不能成为写作童年期摇篮的嗜睡症患者。尤为关键的是文学的"重""轻"以及作家的自我定位和现实转化的问题。无论文学是作为一种个人的遣兴或"纯诗"层面的修辞练习，还是作家试图做一个时代的介入者和思想载力的承担者，我始终相信语言能力和思想能力缺一不可。

2017年8月到2018年8月，一年的时间我暂住在北京南城胡同区的琉璃巷。每天上下班我都会经过南柳巷的林海音（1918~2001）故居（晋江会馆旧址），院内的三棵古槐延伸、蔓延到了墙外。偶尔我也会闪现出一个念头，历史和现实几乎是并置在一起的，甚至有时候面对一个事物我们很难区分它到底是历史的还是现实的。而胡同附近就是大栅栏，在翻新的街道以及人流熙攘的商业街上我看到鲁迅当年喝茶、小酌、聊天的青砖小楼青云阁（蔡锷在此结识了小凤仙）。以暂住地为中心，我惊奇地发现在北京生活了十四年之久的鲁迅几乎就在当下和身边——菜市口附近的绍兴会馆、虎坊桥附近的东方饭店、西单教育街1号的民国教育部旧址、赵登禹路8号北京三十五中院内的周氏兄弟旧址……每天在中国作协上下班，我都会与一楼大厅的鲁迅铜像擦肩而过。几十年之后，先生仍手指夹着香烟于烟雾中端详着我们以及当下这个时代。毫无疑问，每一个重要作家都会最终形成独一无二的精神肖像。"多少年来，鲁迅这张脸是一简约的符号、明快的象征，如他大量的警句，格外宜于被观看、被引用、被铭记。这张脸给刻成木刻，做成浮雕，画成漫画、宣传画，或以随便什么简陋的方式翻印了再翻印，出现在随便什么媒介、场合、时代，均属独一无二，都有他那股风神在，经得起变形，经得起看。"（陈丹青：《笑谈大先生》）

鲁迅是时代的守夜人，是黑夜中孤独的思想者，但鲁迅留下的远不止于此。他留下的是一本黑暗传和灵魂史。

我想，这正是先生对后世作家的有力提醒。"诗人散文"，同样如此！与此同时，我也近乎热切地期盼着《"诗人散文"丛书》（第三季）的尽快面世！

2020年11月9日于团结湖

目 录
CONTENTS

来路亦是归途，写给冕儿。

————题记

亲爱的小孩

1

父亲逝世后，我们为他立碑，所有子孙的名字都要刻在墓碑上。母亲提议，让我提前想好一个孩子的名字刻上去，她说这时候最灵验，心里想啥就会得啥，为了说服我，她还拿村里某家人举了例，那家人也是提前取了个男孩的名字刻在碑上，后来就真得了个男孩。我尚未结婚，谈孩子为时尚早，从来也没有考虑过这件事，可父亲刚刚去世，我不想忤逆母亲的心愿，加之刻碑的师傅就拿着錾子站在我身旁，等着我取名字，情急之下，我说了"王卫冕"三个字，完全是在无意识的状态下脱口而出的。关于这个名字，我女朋友（后来的妻子）也有一些疑问，我虽对孩子的性别没有要求，但她还是想从"王卫冕"三个字的发音和字面意思上揣测我内心深处最真实的想法。她很肯定地说"王卫冕"是男孩的名字，但我倒是没有觉得，我想，如果一个女孩，我们叫她"冕儿"，其实听起来也蛮好的。"卫冕"这个词语，意指"在体育竞赛中蝉联冠军，保住上届取得的冠军地位"，但是作为孩子的名字，我是不想让他（或她）背负那么重的压力去生活的，我希望他（或她）以后能找到一条自己热爱的道路，并持之以恒地走到最后，"卫冕"并非对名利的追逐，而是对品行的捍卫与加冕，这或许才是我的初衷，才是我想赋予"卫冕"这个名字的真正内涵。

在父亲的墓碑上，一个陌生的名字挤在众多的名字中，别人看不出什么不同，但在我看来，它是如此醒目而又深刻。"王卫冕"就刻在我的名字下面，代表着是我传下的后代，但看上去总觉得有些不对劲，因为哥哥或者姐姐的名字，都是一对夫妇下面，对应着自家孩子，可我的名字旁边，配偶名字处是空白。想了想，随即请师傅将我女朋友的名字也刻上去，如此一来，"一家人"看起来就完整了，也就是从那一刻起，我的女朋友就已无可取代地被我认定为将来的妻子。此举如此神圣，它比我们的结婚证上加了钢印的名字还要庄严，似乎也是我对父亲的一次承诺。阴阳之间，因为墓碑上多加了两个人的名字而变得更加亲近，那名字的姓氏笔画里，隐藏着一股神秘的力量，它在命令我认真去爱，去珍惜，去组建一个新的家庭。

2

一年多后，一个身无分文的人，竟然还是把婚结了。我们租房住在镇雄县商业城，三室两厅的房子里就住着我和妻子。我平时玩心太大，总是和朋友们泡在酒吧里，喝得东倒西歪，而身怀六甲的妻子不喜欢这种场合，每晚在家等我，我想等冕儿出生后，她应该就没有时间管我了。起初我不让妻子去做B超，我不想知道孩子的性别。对我而言，无论男孩还是女孩，都是天赐的礼物，健康才是我唯一的期望。但随着妻子的肚子一天天大起来，需要配合医生的叮嘱，检查胎心的位置以及孩子的发育情况等，妻子还是去做了B超，几个月后，她告诉我说怀上一个男孩，医生是她朋友，主动告诉她的。那时候国家明文规定，单位上的职工，一对夫妇只能生一个小孩。妻子很高兴，如果只有一个孩子，她还是希望生个男孩。没过多久，冕儿会在妻子的肚子里蹬腿了，她总是将他录下来，每当我喝酒稍微晚点儿，她就把视频发给我，而我每次接到她发来的视频，就会乖乖地回到家里。对此朋友们都表现得十分吃惊，纷纷说像我这种放荡不羁的人，也有被降伏的时候。

3

距离预产期还有一个月。

清晨接到我母亲打来的电话，说她做了一个梦，以此推断我妻子即将临盆，口气极为坚定。我和妻子都笑她神经过敏，告知她还有一个月才到预产期，让她安心在家待着，可母亲就是不信，近乎执拗地搭着早班车就赶往城里，还带来了一个口袋,里面净是褓褓之类的东西。那天晚上,母亲已经睡去,我和妻子在卧室里观看胎动,正在兴奋之时,妻子的身下就流出液体来,迟疑了片刻,我忽然意识到这可能就是羊水破了,迅速喊醒母亲,三个人慌忙火急地往医院赶,那时大街上空无一人,的士车载着我们,呼呼呼奔驰在镇雄城里,看着车窗外飞速而去的路灯,我的心里充满了从未有过的焦虑。半夜时分,妻子的家人也都赶到医院,人多了心里底气就会足一些。我们搀扶着妻子在楼梯间走上走下,产前运动做好了,生孩子的时候会减轻一点儿疼痛。

我一直故作镇静,妻子却比我勇敢得太多,虽然有些疼痛,但还能和家人聊天。直到妇产科的医生进来,告知我们要有思想准备,她说孩子体重太轻,什么可能都会发生。妻子这才忍不住哇的一声哭出来,我母亲立即凑上去抱着她,提高嗓门喊了句:"放心,有我在。"我的母亲虽是一个没有见过世面的乡下妇人,但是从小到大,家里每次遇上大事,都是她最先冲到前面扛过去的。宫口开了二指后,妻子疼得眼泪哗哗哗地流,整个候产房里,到处都是痛苦的哭声,我置身其中,看着被疼痛折磨得死去活来的妻子,心里有着数不尽的懊悔,那一瞬间我真想过,如果时间可以重来,我宁愿一辈子都不要孩子。终于熬到进产房的时间了,我们七手八脚地把妻子扶到产房门口,我被医生叫住,只能在产房外等候。产房外的走廊里,密密麻麻地挤满了人,都是来陪产的。时间过得真慢,我在走廊的尽头一支接一支地抽烟,看着楼下满大街人来人往,第一次感受到人活下来真是太艰难了，每一天都是绝处逢生。

正当我还在出神的时候，突然有人叫到我的名字，我脑海里随即轰的一声巨响，整个人都蒙了，浑身颤抖着穿过人群，挤到产房门口。这时医生把一个婴儿交到我的手上，并说是一个男孩。孩子只有四斤零二十三克，为了来到这人世，他似乎拼尽了全力，满面倦容，只有一只眼睛撑开了一条很小的裂缝，头上还在散发着热气。这是我们父子第一次见面，我抱着他，紧张得感觉脚上有万斤脚镣，站在两边排开的人群中无所适从。幸好孩子的姨妈小心地将他接过去，我才像卸下了重担，跟随她走出长廊。

公历2015年7月15日早上10点30分，我的儿子王卫冕出生了。我要改一下北岛的诗句，"我召唤你成为儿子，你追随我成为父亲"，以此记住这个伟大的日子。

4

冕儿属于早产，加之身体羸弱，黄疸过高，生下来后立即就转入儿科，放进培育箱里养着。而妻子因为是顺产，宫口稍小，被剪开了一厘米，在妇科接受治疗，娘儿俩两天了都还没有见着面。我一直往来于儿科与妇产科之间，忙得经常忘记吃饭，有时实在太饿了就跑到医院外面去买上一盘炸土豆，边吃边跑。妻子有她娘家人照料，我更多时间都守在儿科里。冕儿虚弱得连睁开眼睛的力气都没有，医生来过几次，每次都眉头紧蹙，每当这时，我总是在内心双手合十，乞求神灵保佑。我没日没夜地盯着冕儿，医院人多混乱，我担心自己睡着了，有人会把他偷走（这样的事情医院里就曾经发生过），担心他的呼吸管滑落，担心他一个姿势躺久了，背部、脖子、腋窝、大腿等会被捂伤……我的心一直悬着，感觉死神就埋伏在我周围，稍有不慎，它就会夺走我的孩子。有天半夜时分，有个女人突然倒在走廊上，哭得捶胸顿足。她孩子才五岁，只因为发高烧，送到医院后就死了。我听着那哭声，再看看培育箱里蔫巴的冕儿，竟然情难自已，鼻子一阵酸涩，眼泪差点儿就流下来了。我甚至想过转院，既然苍天安排我们相遇，并在人海中成为至亲，无论如何我都不会放弃的。两天后，冕儿的黄疸指标终于开始下降，人也活泼起来，有时还会晃动着小手臂，一不小心就把插在鼻孔里的呼吸管拔出来。妻子也搬进儿科里来疗养，她开始忙活着用吸奶器拔奶，费了很大的劲儿才拔出一滴，医生说了产妇的"初乳"就是良药，我们倍感珍惜，我用勺子沾着递到冕儿嘴边，他如饥似渴地舔舐起来。真是激动人心啊，打铁还需自身硬，冕儿会张嘴吃东西了，这是求生的欲望，有这股力量支撑着，他活下去的希望就会更大。

邻床的女人看我们拔奶费劲，建议我去菜市场买鲫鱼熬汤给妻子喝，她说鲫鱼能催乳。从此每天早上，我都会跑回家熬鲫鱼汤端去医院。每次站在菜市场摩肩擦踵的人群中，感到时间复苏，生命的力量蒸蒸日上，我的儿子王卫冕又挺过了一天。

5

　　镇雄是有名的人口大县，曾经有个外省诗人跑去镇雄，站在人头攒动的菜市场，不由自主感叹："那么多人挤在如此狭小的城市里，真是太悲壮了。"冤儿的那间病房共有四个婴儿，但加上前来探望或者陪护的家属，经常都会超过二十人。有的婴儿进来培育两天后就会出院，紧接着又会换另一个进来，六七天了，就只有邻床那个孩子和冤儿一直住着。冤儿每次进食我们都会小心翼翼地用开水对着奶嘴消毒，但邻床那家却显得很随意，即便奶嘴掉在地上了，捡起来吹几下就塞进孩子嘴里。医生来催过几次，告知一旁的女人，如果再不补缴费用，就要让她们出院了。那女人总是低着头，半天才答了句："他爸爸借钱去了，晚上回来就缴。"

　　医生走后，我问那女人："小孩儿多重？"

　　"三斤多点儿。" 她说。那几天在医院里，无论遇到多大的小孩，我都会问他们的父母这个问题。我太想知道和冤儿差不多重的孩子，后来都长成了什么样子。

　　"家人怎么不来照顾你呀，刚生完孩子得注意休息。"

　　"我是他外婆。"那女人似乎有点儿害羞，把头转向一边去。

　　"啊！"我很惊讶，眼前这个女人看起来虽然沧桑，但还很年轻。"你多少岁了？"

“三十三岁。”那女人起身给孩子换纸尿裤，边换边告诉我。她十七岁生下女儿，和老公在山东打工，女儿是婆婆带大的，今年十六岁，原本在老家读书，但不知什么时候和镇上游手好闲的年轻人厮混在一起，就这样把孩子怀上了。这时我母亲在一旁略带责备地对我说：“你看看你，和人家同岁，人家带孙子，你带儿子，这些年你就玩丢了一代人。”那女人听我母亲这么一说，知道我和他同岁，原本凝重的表情上忍不住展露出一丝笑意。傍晚时分，一个愁眉苦脸的毛头小子急匆匆走进病房里，想必就是邻床那孩子的爸爸，他把女人叫到一边， 两人嗫嗫嚅嚅地也不知道说了些啥，随后匆匆收拾好东西就把孩子抱走了。

母亲凑近培育箱，对着里面的冕儿说：“宝宝，你要争气点儿啊，比你体重轻的都出院了。”我起身坐到刚刚腾空的邻床上，独自陷入沉思中，想起冕儿，想起刚刚离开的那个孩子，想起人的命运，心中不由得泛起难以言说的忧伤。

6

九天后，冕儿的黄疸值降到了安全范围内，也能顺利嘬奶水了。那几天，冕儿每次吸奶都会极其攒劲，有时稚嫩的小脸颊都挣得通红，我在一旁紧张地看着，算是明白了什么是“吃奶的力气”，那是人的本力，是上天最初在人体内注入的力量，必须全部使出，才能在母亲的身体里拔出生存的希望，它像一束破空儿来的光芒，刺穿了连日来笼罩在我们头顶的雾霾，并在这人间投射出一团明亮的光斑，慢慢扩大，最终成为我的天空。冕儿出院了，我们收拾了行李，母亲抱着冕儿走在前面，我和几个亲人搀扶着妻子跟在后面。医院悠长而又暗淡的走廊里，挤满了各种简易床号，病人横七竖八地躺在上面，床号间留出一条狭窄的通道，刚好够我们通过，就像从地狱里挣脱出来一样，从这里出去后，迎接冕儿的，就是我已在其中混迹了三十三年的大千世界。

由于长时间熬夜，加之心里承受的压力过大，我满脸的胡楂滋出来，头发也并成几绺顶在脑门上，整个人沧桑而又落魄。母亲看着我，不无心疼地说，当爹是一件艰难的事。在她眼里，我和冕儿不过是一个孩子做了另一个孩子的父亲而已。那天回到家后，我在浴室里洗澡，随着热乎乎的流水从头顶上淋下来，水雾氤氲，眼前一片混沌，感到人间缩成了一个子宫，重新将我分娩了，落地就成了冕儿的父亲。也许，一个男人的苍老，就是从这一刻开始的，洗完澡往地上一看，浴室里密密麻麻地铺了一层头发，全都是从我身上一根一根、一把一把地掉下去的。但与我妻子所遭受的痛苦与折磨相比，我所经历的这些均不值一提。妻子太瘦了，生冕儿的时候只有一百零一斤，母亲说她生孩子是以命换命。是的，我曾亲眼看见，因此我认为，"母亲"这个词并非是对女人的称谓，而是人体承受痛苦与释放爱的一种极限能力。

7

当晚看着妻子和冕儿渐渐进入梦乡，时间恢复到以往的平静中，母亲坐在一旁，静静地守护着她俩。我也就放心走出家门，约了几个朋友喝酒，以便能彻底放松自己。我历来不胜酒力，醉酒容易断片，也不知道何时回到家里的，只记得半夜时分，我被母亲从沉睡中叫醒——冕儿不知道怎么了，已经哭了两个小时，母亲和妻子又重新收拾行李，匆忙抱着他往医院赶。我这才恍兮惚兮地从床上爬起来，踉踉跄跄跑到楼下去骑着摩托追她们。因为酒还没有醒，心里又着急，从摩托车这边骑上去，还没坐稳，又从另一边倒下去，反反复复试了几次，摩托车总算是勉强驶上道了，可它怎么也不听使唤，拐来拐去才跑出去几米，连人带车就翻倒在地，我身上好几处被摔伤了，也感觉不到疼，心里只有一个意念撑着，无论如何也要快速赶到医院，所以一骨碌从地上爬起来，扶起摩托车又往医院赶，才跑出几米，又一次倒地，就这样，磕磕绊绊了半天，总算是赶到医院了。冕儿的黄疸指数再次飙高，又被放回那个培育箱里，被一片蓝莹莹的光罩着。

我在心里不停地祈祷，像一个行脚僧，被自己的执念引领着。正在这时，我在朋友圈看到一则募捐信息，我老家有位老师的孩子得了白血病，需要高昂的医疗费用，从配发的照片上，我看到那孩子的眼里噙满忧伤，作为一个父亲，我承受不了那样的眼神。我当即转发了这条信息，呼吁我的朋友们捐款，甚至给几个有钱的朋友私发捐款短信，为这孩子筹得将近一万块钱，并通过银行将所得筹款按指定账号汇过去。每个孩子都是天使，是成为人后唯一还能飞翔的阶段，我希望人世间所有的苦痛都远离他们。当然，那一刻我是自私的，我更希望我的善举能够感动某种神秘的力量，以此转换为更多的福报施加给我的孩子。记不起是几年后了，母亲给我讲起一件事情。某次她从城里返回乡下老家，下车时有个男子主动帮她把车费付了，我母亲极力推托，但硬是拗不过，他泪眼汪汪地告诉我母亲："几年前你儿子帮我儿子募捐了一笔钱，但孩子和这人世缘分浅，最后没留住。"

所幸是虚惊一场，冕儿进去住了五天后又出院了。这以后的日子，他似乎是获得了生命通行的许可证，无病无恙，见风就长，很快就能咿咿呀呀地和我们用他特有的语言传递着关于生命带来的愉悦，像一株小树苗，在这人间茁壮起来，根子越扎越稳，越扎越深。

8

由于工作原因，冕儿刚满八个月，我去了北京。从此和他聚少离多。

妻子的产假结束后，每个星期路途颠簸，带着冕儿去乡下上课，周末才又返回城里的家中，幸好有我母亲每日帮着照料冕儿，我们的生活与工作才不至于乱了头绪。看着冕儿越来越懂事，无论多么艰辛与劳累，我们都能从中获得安慰。冕儿不到一岁便能隔着手机视频叫我"爸爸"，第一次听到他叫我爸爸的时候，一种莫名的悸动差点儿溢出身体，就像植物长时间举着的花蕾不经意间就在某个宁静的夜晚绽开了，随之而来的幸福与激动我至今都无法言喻。只是冕儿尚不清楚"爸爸"的意思，视频的时间久了，他觉得爸爸就是个手机，每次妻子让他喊爸爸，他就满屋子去找手机。想来也是心酸，但是生活容不得我们有半点儿矫情，我依然在北京，在一个小小的视频里每天观看着我的孩子。我每两个月都会飞回镇雄去看冕儿，他总是比之前又长大了一点儿，我母亲说"人亲骨头香"，即便长时间分离，每次见着，冕儿都会举着稚嫩的小手扑进我的怀里。

有天深夜，我从北京东三环的酒馆里出来，看着地铁口有个卖烙饼的男人站在凛冽的寒风中，旁边是一辆陈旧的三轮车，车斗里的乱絮中，有个比冕儿大点儿的孩子在嗷嗷大哭，眼泪鼻涕淌了一脸。那男人忙着烙饼，没空搭理他。我似乎从这孩子身上看到了冕儿的影子，情不自禁地跑过去擦他脸上的泪水。这时卖烙饼的男人冲我厉声吼道："你干什么？"我醉醺醺地从裤兜里抓出一把钱，那是我身上所有的现金，全部塞给那个男人，我说："这些钱全部给你了，你把孩子带回家去好吗？"那男人似乎不太相信，接过钱后看了几眼，也没有收摊的打算，我央求和催促了几次，他才悻悻地带着孩子离开。那孩子停止哭闹后，就连北京这种城市竟然也变得安静了。

这些年我东奔西走，很少有时间回老家。冕儿三岁半了，我带着他回官抵坎祭拜我的父亲。在父亲墓前，我跪下去，冕儿就学我跪下去，我磕头，冕儿就学我磕头。正当我们一家人在谈论着经年往事时，冕儿突然挣出我的怀抱，跑到父亲的墓碑前，指着墓碑上自己的名字，嬉皮笑脸地告诉我们说："王——卫——冕。"

故土与少年

1

赤水河推开峡谷，奔腾于乱石之上，逝者如斯，不舍昼夜。大地突兀之处，群山奔来一个趔趄，从身体中晃荡出一面斜坡，地势因此得以平缓，高山与坝子之间，也因此有了互为往来的通道。我的老家官抵坎——乌蒙山上一个极其普通的小村庄，就散落在这样的缓坡上。人们在此背土筑墙，割草盖房，世代躬耕，薪火相传。官抵坎隶属于云南省镇雄县仁和镇（现为仁和村），毗邻贵州省毕节市大银镇沙坝村。仁和镇有一条街，就叫仁和街，旧时乃官家处决刑犯的荒僻之地，1949年以前属刘姓地主管辖范围。仁和街曾有个令人毛骨悚然的名字——嘣人坳，年少时我曾向长辈们请教过这个"beng"字的写法，没有人能给我确切的答案。如果写作"嘣"，意指嘣的一声，枪毙人的时候干净利落；如果写作"绷"，恐怕就是一种极为血腥的酷刑了，可以想象人的身体开膛破肚后被撑开的场景。后来我们镇取名为仁和，顾名思义，仁爱谦和。仁和街狭长而拥挤，横亘在鸡啄山半腰上，由两边的砖混房、瓦房或者牛毛毡顶式的木板房夹道而成。而官抵坎在山脚下，天朗气清的日子，老人们坐在田野里烤太阳，抬手一指山腰上那排房子——"嗒，嘣人坳!"

2

在我们四五岁的时候，每逢赶集的日子，便有小孩拼了命要随父母去，那种蛮不讲理、死皮赖脸，大有不哭得天崩地裂死去活来绝不善罢甘休的气势。开始父母会好言好语哄着说，"街上人多，怕走丢了"云云。如若无果，便会和小家伙们斗智斗勇，威逼利诱，充分利用各种躲、逃、吓，绞尽脑汁编造谎言等恫吓，关键时候甚至动用《孙子兵法》中"走为上计"的谋略，但对于一个赶集信念坚定的孩子来说，这些招数皆无济于事。最后实在无计可施了，父母会气急败坏地冲到房前屋后，从树上掰下半截枝丫直接将这货暴揍一顿，直到他收疯（方言，指停止哭闹）才扬长而去。如果父母这就认为"胜利"了，那真是太小看自家孩子了。还没等到集市散场，小家伙们就会提前跑到半道上，坐等赶集回家的父母，但凡发现他们背篼里空空如也或者没有自己中意的东西时，又是一阵跺脚耍泼。当然了，其结果也是免不了一顿暴打。等到下个赶集日来临，这样的事情还会继续上演，一次又一次，不知不觉中，当孩子们不再因为赶集的事情被揍时，站在车马喧嚣的街中间，突然发现自己长大了。

仁和街自有录像厅和电影院以来，小伙伴们就更加离不开这个鬼地方了。一块钱看一天，或者五角钱看一场，没有钱，我们就挤在录像厅门口，只为能不时从门缝里窥一眼，每个穷孩子都力争把脖子拉到最长，恨不能将脑袋瓜从颈子上拧下来，直接扔进录像厅某个旮旯以便大饱眼福。可是我太矮了，深陷人堆中，当耳畔传来电影里的刀枪剑戟碰撞之声，整个小心脏就开始紧张起来，无奈怎么踮着脚也仅只看见前面那高个儿的后脑勺。绝望啊，我们的白云飞、萧玉雪、方小虎、上官平……

但我也并非一直都是站在门外的人。《神州侠侣》大结局那天，还没开播，我们几个小伙伴就提前等在录像厅门口，有人提议，大家凑足一块钱，选出最能讲故事的人进去看，其事后负责把看到的内容"摆"给大家听。这个光荣而又艰巨的任务自然就落在我身上。在大伙儿心中，我是最能讲故事的人，因为我曾给他们讲过很多故事，有的来自书上，有的来自长辈们，有的是我自己胡编乱造的。当我在一个细雨纷纷的傍晚，滔滔不绝地给大家讲述《神州侠侣》大结局时，旁边有个小伙伴能准确插入一些剧情，并不时矫正我跑偏的内容，所有人惊诧的目光齐刷刷地从我这边缓缓挪向他。哦，上苍有好生之德，给了他一次混进录像厅的机会！

谈起仁和街，还会让我想起儿童节。每年这一天，全校师生组成若干个方队，在仁和街上游行，锣鼓喧天，仪仗整齐，边走边喊：热烈庆祝，六一国际儿童节，同学们团结起来，学习做新中国的新主人……那声音抑扬顿挫，饱含激情，在滇黔大地上空经久回荡。上初中后，我对录像厅和电影院不再感兴趣了，原因是我爱上了武侠小说。我的同桌家境殷实，神通广大，能搞到各种武侠小说。我和他把《思想政治》课本的封面撕下来，贴在小说上，选老师最容易忽视的座位，醉生梦死地沉浸在武当、峨眉、嵩山、少林、崆峒等各种门派的江湖恩怨中。还记得同桌说他是乔峰，我说我是段誉，为此，很长一段时间，我们形影不离，做了很久的"兄弟"，尽管从辈分上来说，他叫我父亲"三哥"。

3

仁和镇地理位置特殊，在滇黔交界上。两省百姓互有亲戚，经常往来走动。人有往来，难免会生是非，年轻人流行拉帮结伙，"歃血为盟"，如今还能记起的就有青龙帮、野猪帮、斧头帮、骷髅帮等等。这些人平时在家事农，每逢赶集日，便都放下农活，去酒摊子上喝二两，或者台球室里耍两杆，也有的热衷于在理发店里摆"造型"，即便破绽百出也要高谈阔论，以此吸引异性的目光。其间稍有不慎，便拳脚相向，有单挑的，也有群殴的，但无论哪方挂彩（流血）了，都不兴报警，如果能逃脱，拼了命向街口逃去，一路上额头血流如注，若遇到熟人问起，就大声武气地说："君子报仇，十年不晚。"那时的人，还真有几分气魄，过段时间养好伤，邀约一帮狐朋狗党，提刀在街上遍寻仇家。一旦遇上，免不了又是短兵相接，白刀子进红刀子出。如果长时间遇不上，就会有和事佬出来找到双方带头大哥，理清是非，赔礼道歉，街边上就着臭豆腐喝上一顿酒，梁山弟兄不打不相识，自此息事。江湖夜雨三十年，现在的仁和街，曾经的仇人们逐渐老去，年轻人重新成长起来，好勇斗狠之风早已消弭。

改革开放的春风吹到乡下时，仁和街上开始有了双卡录音机和自行车，流行歌曲也随之从年轻人中传唱开来，耳熟能详的有《冬天里的一把火》《水手》《星星点灯》《潇洒走一回》《祝你一路顺风》等。起初有男人穿着喇叭裤戴着墨镜背着吉他（一般不会弹）招摇过市，遇着心仪的姑娘也公然敢在街上吹口哨了，我们那儿称这种人为"二杆子"，我父亲经常指责我的言行举止，杜绝我成为这样的人。

与我们相比，哥哥姐姐们对赶集的事情更其痴迷。毗邻仁和镇的贵州姑娘，大清早就会起床，穿上胶鞋，泥股稍带（方言，因走路导致全身溅满泥浆）地背上一箩筐白菜到仁和街上，卖掉后再从口袋里取出事先准备好的白球鞋换上，到街上兜风。有些胆大的家伙，为了和姑娘搭上话，假装要买菜，故意纠缠着人家姑娘不停地砍价，这种单身男青年的行为，在仁和镇有个专属名称——咚姑娘（方言，指没事找事与姑娘搭讪）。情窦初开的姑娘，走在人头攒动的仁和街上，穿着健美裤，脚蹬一双白球鞋在人群中时隐时现，不知不觉中已经点燃了许多单身男青年欲火焚烧的目光。没过多久，当这些姑娘背着背篼再次出现在仁和街上时，你会发现她们中有的已从卖菜的人变为买菜的了，和尚头上的虱子——明摆着，这姑娘嫁给街上的人了。有些哥哥愤愤不平，打鸡骂狗地说好白菜被猪拱了。对此，我三叔另有看法，他说娶媳妇只选两个地方的，一个是街上的，另一个是屯上的（仁和镇南面的山顶上）。为什么呢？理由是街上的人家有办法（指能赚钱），屯上的女人力气大，无论是挖洋芋或者生娃娃都是把好手。三叔的话，曾一度让我陷入纠结，每逢新学期开学，我便会打听班上的女生谁是屯上的，看过后，又觉得还是街上的姑娘漂亮些。

4

20世纪80年代以前出生的仁和人，都知道卫生所包包这个地方。它在仁和街中段，是一个绿树成荫、鸟聒蝉噪的土山包，因卫生所建在上面，所以仁和人都叫那个地方卫生所包包。山包脚下有个人工池塘，因荷得名，人们叫它藕塘湾湾。这两个地方山水相连，相映成趣，是仁和街上谈情说爱、拍照取景的绝佳去处。卫生所包包在仁和街的地位，就相当于后海在北京，翠湖在昆明。卫生所包包上发生了许多有趣的事，印象最深的是我们村有个姐姐去卫生所包包上照相，完了后就蹦跶着回家了，途中想起拍照时袖子过长，遮住了腕上的手表，立即丢了命似的转身奔向卫生所包包，好说歹说，逼着照相的师傅给她重拍了一张，这次她捋起袖子，刻意把手表露出来。多年后我还见过那张照片，那位姐姐去了很远的地方，那张老照片也早已经泛黄，但她手腕上的表，仍然闪耀着那个时代特有的光芒。

一墙之隔，又是另一个世界。山包上的卫生所，里面有相当长的一段走廊，那尽头似乎是连接着黑暗的端口，有时候医生会从那儿走出来，抱着一个死婴，径直交到孩子父母的手上，过不了几天，人们就会发现山包上某个旮旯有新翻的土壤，大家心照不宣，都会主动避开。有时人的心理也很奇怪，越是害怕的东西，就越是想犯禁。有一次我试探着朝那幽暗的走廊尽头走去，那走廊是用木板铺就的，伴随着"咚咚咚"的脚步声，越是接近尽头，这个"咚"的回声持续得越长。刚经过两个房间，在经过第三个房间的门口时，忽然听见有人喊我，我愣了一下，循声望去——瞬间，我有一种魂魄在身体里碎裂的感觉，整个人寒毛卓竖。喊我的声音来自一个烧焦的人，他两张嘴皮上下翻开，各自肿着，猩红的牙龈上暴突出几颗"獠牙"，绝大部分身体都裹在纱布里，两只眼睛在纱布缝隙中骨碌骨碌地翻转着。当我们四目相对时，我竟然因为恐惧落荒而逃，直冲到卫生所门外的草坪上，心跳剧烈加速，需要撑着路边的老槐树才能稳妥地站定。待心绪平静了，我才想起，那是我的一个堂哥，前段时间因为在小煤窑里作业，遇上瓦斯爆炸，其他人都死了，就他命硬，到了鬼门关又趔回来。这次后，我就再也没有去过卫生所包包了。我总觉得，这山包上有个小小的地狱，只有地狱里面的花园，才有着让人如此心惊胆战的风景。

5

天空巨大，可将人间一网打尽。有天中午，雨丝纷纷，冷风直往人们的襟袖里钻。在政府大楼下的操场上，仁和中心小学的学生在各班老师的带领下，井然有序地站成若干个方队。一群孩子仰面盯着镇政府楼顶上的高音喇叭，里面滚动播放着三个犯罪分子的罪状。间或有急促的警笛声穿街而过，赶集的人们慌乱地避让着，空出泥泞满地的街道，一队队武警官兵戴着墨镜和口罩，荷枪实弹地从中齐步跑过。那天围观的人很多，有的是来赶场的，有的是专门来看热闹的。那三个犯人，两男一女，只知道两个男的犯了强奸罪，但我们尚不知强奸罪到底是何罪；女的谋杀了三个孩子，扔在后山的深坑里。老师在旁边苦口婆心地教导我们，长大之后要遵纪守法，否则触犯法律，就会被抓去公审，像审判台上这三个犯人一样。我踮着脚翘望那三个罪犯，其中年轻的还面带着微笑，不时应着喇叭里传来的节奏踩着节拍。他一脸轻松的样子，让人难以觉察到死亡的步伐已经逼近。两小时后，喇叭里有人字正腔圆地宣读了法律条款，随即各班老师带队，将孩子们领到仁和镇北面的山顶上，从高处看，四周人山人海，而在山谷中，有一支武警小分队押解着犯人走进谷底，三个罪犯跪成一排，对应着有三名武警分别立在他们身后，瞄准他们的后背心，只见旁边指挥官手中的旗子往下一划，三支枪同时扣动扳机，枪声还在山谷中回荡，三名罪犯早已应声倒地。年长的男罪犯还没有死，身体痉挛着，枪毙他的那位官兵狠狠地往他头上踢了两脚，那罪犯才死了个透彻。有的孩子被遮住了，没有看到这一幕，争着找老师告状，有的甚至说还没有做好准备人就死了，一点儿也不过瘾。

三个犯人被枪毙后，围观的人们从四周的山顶上撤退了。当我来到山下的时候，看见几个人抬着担架，正把三具尸体从谷底抬上来，女的那个胸口上开了个大洞，半边乳房翻了出来，血淋淋地悬挂在腰间。我害怕极了，像犯了大错的人，穿梭在人群中，疯狂向着家的方向逃跑。回到家后，父亲正在火炉边烧土豆，他给我剥了一个，并让我把处决刑犯的场景复述给他听。这让我觉得，那三个犯人在短暂的时间里就被枪毙了两次，一次在山谷中，一次在我心里。直到今天，在我的记忆深处，总有枪声响起，总有人反复死去。

6

年少时经常会听到母亲讲起"斗私批修""除四害"等，也不明白具体所指，但它却在无形中唤醒我内心深处某种莫可名状的暴力意识，并在一定程度上影响着我的成长。比如我知道老鼠是一种有害的动物。当我们捕捉到老鼠时，竟然无所不用其极，和我的弟弟将其置于烈火之上炙烤，看着它从活蹦乱跳，到苦苦挣扎，再到力竭而死。少年之恶一旦涌现，破坏力往往是成人难以想象的。有一次我背着满满一竹篮猪草走在回家的山路上，隐约听到头顶上有嘶嘶嘶的声音传来，遂将竹篮歇在地埂上，爬上去看，发现里面盘着一条小臂般粗壮的乌梢蛇。它先是在猪草上直起头来，与我对峙，我用镰刀试探性地敲击了它几下，见它有退缩之意，便使劲摁住它的头部，捏住它的七寸，那乌梢蛇在我手臂上越缠越紧，我也暗中和它较劲，手臂上青筋暴露。我在地上挖了个坑，将它的头部植入其中，再用泥土填上，踏实，乌梢蛇的大半个身子暴露在地面上，它一直转动身子，挣扎着试图将自己的头从泥土里拔出来。我听人们说，这样收拾一条蛇，它便无法呼吸，只能不停地在体内憋气，当身体涨到极限时会嘭的一声炸开。

为了观看昆虫决斗，我将蟑螂、蜈蚣、雄蜂、甲虫、蜻蜓、螳螂、蚱蜢、蛞蝓等装进瓶子里，看它们厮杀到最后谁能活下来。我也曾追捕过黄鼠狼，它从门缝里钻进长久无人居住的房子里，我爬上一棵柿子树，攀着它从顶上进入这间房子，刚落地，就被吓得跳起来，重新抓住柿子枝丫拼命往外爬。没想到黄鼠狼经常出没的这间旧屋里，有一块将近两米长的木板，上面整齐地摆满了数十只老鼠的头颅，就像一个大型的祭祀现场。也难怪这间屋子如此阴森恐怖，就连阳光也似乎要绕过它。官抵坎有不少这样的空房子，有的空房子里甚至会长出枝繁叶茂的泡桐，能将整个屋顶都掀开。

喜欢一部电影——金基德的《春夏秋冬又一春》，我总认为那是一首诗。里面有个小和尚，他将石块拴在泥鳅或者青蛙的身上，看着它们在河滩上挣扎，最后负重而死。小和尚长大后，为了赎罪，他在自己的腿上绑上石磨，拼命地在山中攀爬，他在通过肉体上的自虐以减轻内心的罪孽感。随着年龄的增长，我竟然也变成一个悲悯的人。三年前我调到昭通工作，租住在小南区，某天关窗时正好卡住一只肥壮的老鼠，我只要再使一点儿劲，就能听见它的骨头断裂的声音，迟疑了一下，觉得我们都不容易，共同寄身于这个城市，又在同个屋檐下生活，想了想，放了它一条生路。

7

三十年前的官抵坎，有着世外桃源般的景致。刚入夏，阳光照在梯田里，绿油油的稻秧从我家门口直铺到贵州境内。许多稻草人，矗立在微风轻拂的稻浪中，懒洋洋地挥动着衣袖。插秧之后，只要田里的水能正常供给，就很少有人会到田里去了，一两个月的时间，酢浆草、车前草、白茅等就长满田埂，人走在上面，脚下软绵绵的，心里总不能踏实，生怕一脚踏空了会摔倒在泥田里。人虽走得慢，但还是会惊动草丛中的各种昆虫，大自然的交响时常因为一个人的乱入而获得启动：蚱蜢嘛里啪啦跳进草丛；浅水中的泥鳅哗啦一声扎进更深的泥土，伴着一圈圈浑水消失在秧子的根部；青蛙们呱呱呱地跳下田埂，水面上几只水黾快速划过；密集飞舞的蜻蜓在低空里突然改变了飞行的方向……这些声音时而交织在一起，时而又在某亩水面上单独响起，如果谁大吼一声，还会扑棱棱地惊飞几只秧鸡。若是在夜间，那就更加奇妙了。夜晚虽然广袤，但却难以覆盖那几点荧光——萤火虫浮现在夜空中，像是从另一个世界飘来的灯笼，让寂静而又单调的夜晚变得更加魔幻和生动。许多孩子摸黑进入田间捉萤火虫，将它们塞进南瓜秆里，做成荧光棒，挥舞在夜空中。

　　每到收割稻谷的季节，人们便三五成群，边割边把谷穗打在拌桶里，最后还要将打下来的谷粒在风簸里过几道，白花花的大米流水般从风簸里淌出来，一会儿工夫就能装满各种簸箕、升斗等。这段时间，也是村里人最幸福的日子，吃了几个月的干苞谷饭，早就望梅止渴地等着焖一锅香喷喷的糯米饭解馋了。而对于孩子们来说，除了解馋之外，耕田也是最快乐的事。几个小孩站在犁耙上，借用自身重量将耙齿压进水田里，然后任由水牛拉着犁耙在田里往来翻耕。犁耙下翻卷着浑浊的浪花，随着新的泥土被翻起来，许多泥鳅、黄鳝、青蛙、螺蛳等就无处藏身了，被搅得晕头转向，不大会儿就能捡上半桶。这些都是时下各种餐馆里备受青睐的上等美味，但那时我们只吃五谷杂粮，带回家的泥鳅和黄鳝，没过多久就会被放生或者养死了。有一次，我竟然解剖了一条黄鳝，从它的体内掏出来一条泥鳅。之前我曾将它们寄养在瓶子里，没几天发现泥鳅不见了，刚把它们放进瓶中的时候，滑腻腻的泥鳅腾挪闪躲，快速而又矫健地在瓶子里变换着各种姿势，近乎一种挑衅，而沉在瓶底的黄鳝则相反，温顺、缓慢，安静得像一座坟。

8

麻雀难逃二三月，青黄不接的时候，人和牲畜都需要储存大量的食料才能度过漫漫寒冬。秋收之后，颗粒归仓，人是不会再挨饿了，但是牲畜可不一样，它们食量惊人，没几个月就能提前把过冬的谷糠、麦麸、苞谷糙、萝卜、猪草甚至秸秆等吃完。这时，我们这些十来岁的孩子会被父母撵到山上去捡泡桐叶。官抵坎方圆几十里范围内都是这种泡桐树。泡桐是速生树种，有着硕大的叶片，捡回去晒干后打成糠，煮熟了佐以少量的苞谷糙或者麦麸，可以用来喂猪。所有的孩子都在山上捡泡桐叶，没几天，整个秋冬之际飘落的树叶全被捡拾一空，田间地头干干净净。有些人家喂的牲口多，光捡还不行，还得爬到树上去使劲摇，人们为了争抢落叶而发生肢体冲突的事情也有发生。

早春之际，积雪消融，朝阳从东边升起，照在村东头的半坡上，晶莹的露珠因吸纳了阳光而无法承受自身的重量，在高处摇摇欲坠。田野中热气蒸腾，整个大地生机勃勃，一场关于春天的革命，正在泥土之下悄然酝酿。我在半坡上捡泡桐叶，阳光一晃，泡桐上的冰凌就开始融化，光溜溜的树干湿漉漉的，谁也爬不上去。我只能立在地埂上，烤着暖烘烘的太阳。只要有风经过，我们就会争先恐后地冲到仅有几片叶子的泡桐树下等着，有的叶子飘下来，还来不及着地，在半空中就被人跳起来接走了。有一天伙伴们都嘲笑我反应迟钝，一片树叶也没有抢到。其实那天，我的心思根本不在抢树叶这件事情上。因为我听到对面的山坳上传来悠扬的歌声，整个人愣在那里——这世界上居然有如此神奇的东西，能够发出让人心碎的声响。实在按捺不住了，我追着那歌声跑出去很远，直到那个戴着墨镜穿着喇叭裤的家伙扛着它消失在山坳的尽头。后来我知道这种东西叫作"双卡录音机"，把一盘磁带塞进去，两边的音响里能传递出强烈而又富有节奏感的音乐，伴着这节奏感，音频上的霓虹柱上下起伏。第二年我伯父家就有了一台双卡录音机，我的堂姐喜欢反复播放爱情悲剧《水仙花》，每次都听得泪水涟涟。或许是悲伤的种子过早地在一个姑娘的心里落地生根，二十多年后，家人告诉我说堂姐患上了抑郁症，经常都有赴死之心。我结婚那年，她出现在我的婚礼上，当年标致的堂姐已经沦为饱经沧桑的中年妇女，置身人群中，目光呆滞，沉默不语。

9

官抵坎周围，有许多窟坑或洞穴。我知道的就有马鞍山窟坑、落水洞、望天洞等，且坑坑相连，洞洞互通，每个窟坑都会因其幽深崎岖、神秘莫测而获得比较离奇的民间传说。就拿马鞍山窟坑来说，相传我们村曾有位长辈，力大无比，在马鞍山窟坑里捕获了一只老熊，他把它常年锁在柴棚里石对窝（一种舂米的石臼），直到最后累死。马鞍山窟坑在通往贵州的乡村公路侧，像一张大口，随时都想吞噬路过的飞禽走兽。有一年，一个外地人撵着两头牛路过马鞍山，在经过坑口时，两头牛突然顶撞起来，小的那头力不能及，被顶进了窟坑里。外地人在坑口呆立良久，无奈只能怅然离去。村子里几个青壮年或是嘴馋或是想捞一笔意外之财，借了全村的缰绳系起来，下到洞里去捞牛，下去了几十米也寻不见牛的踪迹，很快就被窟坑里的阴寒之气逼出来。这些天然的窟坑，在地底下藏着隐秘的世界，流水在那里经过，汇入贵州境内的渭河。

还有一些洞穴，是开采小煤窑留下的。通常是小煤窑被采空了沦为废墟，或者发生事故死了人后被废弃。如此洞穴，狭窄，潮湿，横向深入山的内部，常年流淌着浑浊的流水。有时候我们几个小伙伴也壮起胆子，一个牵着一个猫着腰往里钻，直到前面黑魆魆一片，回看洞口的光只有豆粒般大时，才发现我们已经来到大地的内部，这里有着死一般寂静。寂静是一种声音，或者是声音的幻觉，当你处于绝对的寂静中，如果你认真去听，这寂静会随着你的心情变幻成相应的声音。我们屏气凝神，有人说好像听到了消失已久的竹船拖着煤块划过枕木，突然忍不住大喊一声"鬼来了"，所有小伙伴拔腿而逃，由于隧道逼仄，你撞着我的耳朵，我蹭着你的鼻子，最后那个小伙伴一定是连哭带爬地冲出洞口的。提前出来的小伙伴们聚集在洞口，笑得前俯后仰，免不了要将这"胆小鬼"奚落一番。

通常这种洞的入口处，因常年积水，时间久了都会形成塘子。塘子不大，也不知深浅，有小伙伴想洗掉身上的泥污，衣裳裤子一脱，光溜溜地纵身跃入塘子里，大伙儿正跃跃欲试，衣服尚未褪尽，只听得最先跳进去的那位"哈不吃""哈不吃"地喊救命，大家都是"旱鸭子"，谁也不敢去救，一个个站在岸上火急火燎地无计可施，最后还是我急中生智，找来一根树丫，伸进塘子里去让他抓住爬出来。那家伙喝了很多泥浆水，肚子胀得圆不溜秋的，像一头吃撑的小水牛，躺在地上半天爬不起来。如果这次算得上是和死神过招的话，那我赢了，并从它手上夺回一条人命。

10

儿子的玩具遍布家里的每个角落，诸如挖掘机、汽车、铲车、飞机、奥特曼、水枪、拼图等。有时候，我会摆弄儿子的玩具，并沉浸在新的科技带来的文明中一步一步往回撤，我又退回了自己的少年时代。

那时候我们的玩具是泥巴、石子、木剑、弓箭、撮箕、铁环、陀螺、纸板等，并且很多玩具都要自己亲手去做。有一次我和邻居家的弟弟自制弓箭。我们去竹林里砍来细小的毛竹，放在火上烘烤，趁着高温带来的韧劲，将其掰弯定型，再用事先准备好的尼龙线或者细麻绳固定在竹子两端作为弦，将高粱秆插进削尖的竹节里当箭。这虽是玩具，但有很强的攻击性，如果对着碗口粗的泡桐树，拉弓，瞄准，放，闻得嗖的一声，箭头瞬间飞出去，稳扎扎地钉在泡桐树上，箭杆还会嗡嗡嗡地发出颤动的声响。弓箭在手，见什么都有想要穿透的欲望。夏日炎热，打完麦子后，大人们将宽大的胶纸晾晒在两颗大树间的晾衣绳上，趁四下无人，我端起弓箭嗖地放了一箭过去，箭头穿过胶纸后，射在"哇"的一声痛哭上，我赶忙冲到胶纸对面，只见弟弟捂住心口，正在地上痛苦地扭作一团，我知道闯了大祸，一边安慰着弟弟，一边将手中的弓塞给他，让他还我一箭。待弟弟从痛苦中缓过来，我扒开他的衣服看，白嫩的胸口上平添了两个红色的小孔，两滴鲜红的血液已从里面渗出来。幸好弟弟人小有大量，擦干眼泪后，只是将我的弓箭占为己有。多年后我们谈起这一箭之"仇"，觥筹间大笑泯之。

每当忆及这些事，曾经的玩伴一张张稚嫩的笑脸还会清晰地浮现。一群小伙伴聚集在某片刚收割完庄稼的田野中你追我逐，玩游戏，唱儿歌："前门前门鸡蛋糕，三十六栋高又高，骑白马，带把刀，走进前门砍一刀，一二三，砍猪肝；四五六，坨坨肉；七八九，拉你走""又哭又笑，黄狗飚尿，飚到新加坡，捡得个猪耳朵，拿回家去煮，煮又煮

不熟，抱起尿罐哭"点兵点将，尼姑和尚，天天窝屎在床
上，不揩屁股克打仗，神神打到屁股上""一碗米，两碗
米，不是拉，就是你""跟到人家学，变麻雀，麻雀不飞，变
乌龟，乌龟下河，挝你几大脚"……

大伙儿玩累了，最后的游戏是"躲猫猫"。月亮的清辉
朗照在旷野中，给一切有形的物体镀上朦胧的光辉。有人躲在
树上，有人躺在沟边的水草里，有人藏身草垛间，有人伪装成
稻草人……也有人借此玩消失，径直回家了，躲在被窝里还忍
不住笑出声，心想那个找人的倒霉蛋一定还在旷野上游荡。我
也曾在游戏中消失了，并再也没有回去过。这游戏似乎也一直
没有结束，三十年弹指一挥，到如今人们始终没有找到我，而
我也习惯于躲在僻静之地，伪装成红尘中的陌生人，每天与这
个世界擦肩而过。

11

仁和镇方圆几十里范围内，但凡哪个寨子里，放映员只
需将白色的幕布往树上或墙上一挂，有关露天电影的消息就会
不胫而走，大街小巷传得沸沸扬扬。

母亲总是反对我们去看露天电影，她说那地方人多杂
乱，容易惹祸。为了求得她的同意，天将近晚，我们兄妹几
个就争相把家务事都做了，主动讨好，直到她满意后点头许
可，我们才赶忙赶慌地奔向放电影的地方。我看的第一部露天

电影是《鹰爪铁布衫》，在庙坪小学的操场上，尚未开播，人们就提前赶来，再忙也会放下手中的活计，有的人甚至是翻山越岭赶来观看。如果天晴，多数人就会席地而坐，如果中途下雨了，即便被淋成"落汤鸡"也不会轻易离开。那时谁家要是有个红白喜事，重头戏就是包一场露天电影给全村人观看，这户人家也会因此名声大噪，过了很久走在路上还能被人拉着啧啧称赞。

黑魆魆的夜晚，若干人聚精会神，心随着电影跌宕起伏的故事情节，或松弛，或紧张，或开怀大笑，或黯然神伤。有的人生怕错过电影的精彩片段，从头到尾肚子里兜着一泡尿，电影达到高潮时，心情随之一激动，由于控制尿神经的力度没有拿捏好，一股热乎乎的尿液不小心便悄无声息地在裤裆里洇开来，不大会儿，热量散尽，冷风飕飕穿裆而过，就能听见其牙关颤抖，直打哆嗦。观影过程中，也有不少让人扫兴的事，有时候看得正起劲，胶片就突然断了，伴随着人们啊的一声惊叫，能听出众人的不甘和惋惜。在放映员接合胶片的间隙里，有人骂骂咧咧地东张西望，有人借此机会与久未谋面的朋友寒暄，有人瞥见某个角落姑娘比较多，厚着脸皮凑过去扎堆，也有人看准了周围的人都在露天坝子看电影，趁机入室偷鸡摸狗。每次露天电影结束后，人们三五成群，谈起刚刚结束的电影，认为某个人物不该死，有人甚至已为其编好了续集，让喜欢的角色换一种方式，活在自己的故事里。

二十五年过去了，午夜的放映灯早已熄灭，所有的露天坝子空荡荡的。当年陪我们看电影的人，不会再来了。或许，他（她）也曾在某个地方翘首等待，但没有一个人回去。人间就是一个露天大坝子，悬挂着人生这部老电影，现在，轮到我们上场了，每个人都在自编、自导、自演，自己做自己的观众，自己与自己——散场。

12

从小我就喜欢在野外的生活。它丰富、神奇，无拘无束，随时都能满足一个少年对于这个世界的好奇心。我经常整日不归家，母亲责备我时总用"山丘野马"来形容，这个词语是我们这边的方言，意指小孩漫山遍野到处乱跑，有责备的意味在里面。

为了捕获一只鸟儿，我居然能不吃不喝在田野里蛰伏一天，仔细辨别幼鸟的声音，我知道，刚出窝的幼鸟还不擅长飞翔，它们总是飞不了多远就会落下来，在草丛里蹦蹦跳跳。为了捉住一条粗壮的泥鳅，我也曾竭泽而渔，将别人家半亩稻田里的水全部放光，结果是惹得人家追上门来理论，父亲为了息事迫不得已将我家田里的水引去偿还。记得村里人在关山上的森林中带回来一只乌鸦的幼子，给我们几个小伙伴喂养，和其他鸟类相比，这种饕餮之物似乎在身体里藏着一个没有止境的深渊，每当有人凑近，它便喳喳喳地张开大嘴，需要人大把大把地往它的嘴里塞进蚯蚓或熟食。眼看着它的羽翼一天天丰满起来，为了防止它飞走，我们就将它最长的翅羽减掉，如此一来，飞禽失去了飞翔的能力，只能如走兽般，在园边地埂上笨头笨脑地瞎转。后来是一只老鹰发现了它，趁我们不备，旋即扑进菜地里将其掳走，很想挽救它，我们朝着老鹰飞离的方向，追出官抵坎几里地，最终大家拖着疲惫的身子怏怏然无功而返。路上遇见大片荞麦地，烂泥般地囫囵躺进去，一睡就是几个小时，直到傍晚时，母亲站在村口，声嘶力竭地对着田野唤我的名字，我才悄悄绕道先于她回到家，巧舌如簧般辩口自己就在楼上睡觉，死不承认跑出去了。

除此之外，对于山间草木，小时候我也表现出浓厚的兴趣。每次出去打猪草，都会将篮子撂到一边，钻进荆棘与灌木密集的山林中，寻找野百合、青冈木、槐树等，我曾将山上挖来的许多小树苗移栽到我家院子里，如今二十多年过去了，那院子里早已绿树成荫，每次回家，坐在屋里，听到林子里传来各种鸟鸣的声音，脑海里还会浮现出当年进山挖树的情景。十年树木，落地生根，于我而言，这些树木已在时间中得到升华，成为我的故乡元素不可或缺的部分。但是百年树人，谈何容易呢，与它们相比，这些年我东奔西走，似乎离官抵坎越来越远，像一截被折断的木头浅浅地插在浮世中，这种无根的日子，随时都有可能被命运之神轻轻拔起。

人世渺茫，无法寄托肉身，但心有旷野，可供灵魂游荡。很庆幸，每当我独处之时，闭目养神，心尚有所归，少时记忆召唤着我，躺在无人之境里，仰望着满天星斗——深邃而又宁静——我穷尽一生都在苦苦追求的理想状态，不时会因为一次不经意的走神而短暂获得，这得益于我的故土，无论光阴漫漶，世事变迁，它总是在颠簸中，完好无缺地保存着我的过去。

父亲的生死场

每一个人的死，都是从他父亲的死开始的。

——〔土耳其〕费利特·奥尔罕·帕慕克

1

他在时间的流水线上奔赴了一生，从未有过旁逸斜出的时刻。他相信命运的索道里有着不可逾越的规矩。他如此平凡，如草木般迎合着时令的蓬勃与委顿；他如此卑微，如一种空无遗落在更大的空无里。

他是我父亲，一个小人物，曾在自己的土地上，活着，向死而生……

2

1952年，国家刚站稳脚跟，整个时代物质匮乏，百废待兴，所有人都在忙忙碌碌，除了激情，大地上一无所有。这一年他在风雨中摇晃而至，诞生于一个颠沛流离的家庭，父母都是贫下中农。他三十岁以前的人生普通得近乎被时间遗忘了，我曾让他讲点年轻时候的事情，而他无从讲起，难为得像是被逼迫编造谎言一样，每次都面带愧色地说，"没啥意思，每天都是为了这张嘴"。有时实在拗不过我，他也讲点，内容也离不开"吃"。比如，我祖母会点儿针线活，上下寨子有人过世会请她去缝老衣（人死后穿着下葬的衣服）。为了节约一点儿口粮，祖母到每户人家，会将他们兄妹几个轮流带去蹭饭。父亲还讲过一个有趣的故事，也是关于"吃"的：四爷在山顶上砍柴，二爷在山脚下割草，四爷神秘兮兮地喊山脚下的二爷赶紧来山顶上，说有个秘密要告诉他。二爷从四爷急切的喊声里感觉到了这个"秘密"的重要性，吭哧吭哧爬了一个多小时来到山顶，五十多岁的二爷气未喘定，四爷就一手拢在嘴前，凑在二爷的耳边悄声说："二哥，木姜子放在蘸水里好吃得很。"说完忍不住哈哈大笑起来，二爷爷先是一愣，随后发现自己被要了，气得胡子直抖，捡起石头就朝已逃下山的四爷紧追不舍。那几代人普遍都遇到了"吃"的问题，这问题过于巨大，以至于围绕在它周围的事情就显得太渺小了，甚至可以忽略不计。

不只父亲这一代，就连我，对于"吃"也有着刻骨铭心的记忆。七八岁时，每天晚上老鼠们肆无忌惮地在苞谷堆上嬉戏追逐，这些坐吃山空的懒汉、大摇大摆的二杆子，对楼下酣睡的我们熟视无睹。父亲定然是睡不着的，老鼠咔咔嚓嚓地啃噬玉米的声音让他难以入眠，他心疼自己的粮食，总是悄然起身，手持木棍蹑手蹑脚地爬上楼，在靠近苞谷堆时，他突然打开手电，朝着猖獗的鼠群一顿棍棒乱打，而这些精通逃遁术的家伙，在黑夜的掩护下一溜烟便消失得无影无踪。这时他会两手空空地来到我们身边，在母亲的抱怨声中迫不得已睡下。还没睡安稳，老鼠又出来了，比之前还要嚣张，似乎是在游行、挑衅。父亲心有不甘，再次起身去到楼上，几声巨响后，寂静里传来他的吼声："这回看你往哪儿跑。"那声音里有一种掩饰不住的激动。我们也兴奋地从床上爬起来，看他从黑暗中走进幽暗的灯光下，手里提着一只肥胖的大老鼠。这些老鼠，一生下来就寄身在我家房梁上，墙缝里或者某口柜子下，白天根本就看不见它们。秋收之后，粮食上楼，它们可谓是夜夜笙歌，胡吃海塞，几个月来已然秋膘肥厚，皮滑肉滚。父亲从老鼠嘴上寻得下手之处，徒手将其剥皮，去皮之后的老鼠四肢光溜，肌肉富有弹性。父亲用清水将其冲洗后撒上盐，囫囵穿上铁扦子，置于火炉上精心细致地烤着，直至烤得老鼠的油脂噗噗噗地冒出来，掉进炉火中，激起一朵朵火焰，将整个屋子照得亮堂堂的。鼠肉匍匐在铁扦子上，定型于奔跑的姿势中，皮层慢慢变得焦黄，最后甚至会啪的一声脆响爆出新鲜的肉质。父亲回头，看见我正直勾勾地盯着他手里的老鼠肉，得意地扯下一腿递给我，三月不识肉味啊，想不到这平时看起来让人心生厌恶的家伙，其肉如此细嫩柔软，肥而不腻，刚一入口便让人唾津潜溢，恨不得将其骨头都嚼碎了吞下。自此以后，我每晚巴望着老鼠们来偷吃玉米，楼上一有动静，便催促父亲去捕鼠，有时还会拿起木棍跟在他身后，天一棒地一棒地补上几棍子。

3

太卑微了，如果不是他自个儿长大了，杵到人们面前来，或许他父母都不会想起来自己家又多了个孩子。他们兄妹五人，他排行老三，这个位置在中间，最容易被忽视，比他大的能抢，比他小的会哭，这让他养成了一种谦和，甚至软弱的性格，天生让人三分。普天之下，唯有强者的"让"才是一种"礼"，而像我父亲这样的人，他们的"让"实质上是一种"软弱""服输"的外显，充其量在村里获得一个"好人"的口碑。但他的"软弱"也是有底线的，一旦触及他不能再"软弱"下去的极限时，也就是他连做"人"的尊严都可能丧失之时，这种软弱就会产生反弹，一种暴突的攻击力在愤怒中就会被催生开来。我曾经见过两次，都是在我很小的时候。一次是为了建房的事情。我们迁居新家之后，我的伯娘在我家房前屋后种满瓜秧和大豆，并舀了粪水围着洒了一圈，以此发泄她的不满。她认为我家建房的屋基是祖父母的土地，虽然是我父母用地调地换来的，但没有获得她们家的允许。那天我父亲刚好从矿山上回来——他那时是个矿工，掌管着用于爆破的雷管与火药。他看见我母亲正和伯娘争论，家门前的敞坝里洒满了又脏又臭的粪水，像往常一样，他依然沉默着走进屋里，把门关上。过了一会儿，我母亲和伯娘遽然停止争吵，疯了似的朝着伯娘家的方向跑去。我追过去看，原来是我的父亲，他不知什么时候从后门溜出去，手里举着炸药包，拼命跑在我母亲和伯娘的前面。等我追到伯娘家时，许多人正生拉活扯地将他从伯娘家屋里拽出来，随后有人将正在冒烟的黑乎乎的炸药包扔进水沟里，那个炸药包似乎在因自己没有爆炸成功而生气，发出扑哧扑哧的声音，像我没有施暴成功的父亲，在众人的劝说下，坐在地上累得气喘吁吁。后来他也说起过这件事，担心把孩子们带坏了，总是自责，骂自己太冲动了。而对于炸药包都扔进炉子里了却没有爆这件事，他认为是"命中注定的东西，错不了"。还有一次，我大哥去上学，路上被邻人之狗咬伤，父亲带着我哥上门去讨个说法，那家人想推卸责任谎称狗不是他们家的。我父亲一怒之下，当着那家人的面，举起锄头将那恶狗拍成一摊肉酱。当满脸血污的父亲从人群中走出去的时候，所有人被吓得嘴都合不上，大家愣在那里，不敢相信这个杀气腾腾的人就是他们平时所喊的"三叔"——胆小懦弱的三叔，谨小慎微的三叔。还有一个关于父亲的故事，是母亲讲出来的。土地刚刚下放到户的时候，一到秋天，漫山遍野的玉米等着收仓，到处都是偷玉米的人。父亲白天干活，晚上去地里守玉米。玉米地周围，郁郁苍苍的森林在明月朗照之下呈现出连绵起伏的黑影。某个深夜，父亲躺在草丛里睡觉，隐约感觉到某种东西在向自己靠近，他下意识地睁开双眼，看见几双绿色的眼睛正围着他晃动，碰得玉米叶子哗啦啦地响，父亲弹地而起，大喝一声，抽出别在腰上的弯刀一阵狂砍，那几双绿眼睛（后来他自己说是狼）向森林深处逃窜而去，父亲一时之间没能从这突如其来的惊遽中退出来，瘫坐在地里大口大口地喘着粗气，回家后生了一场大病，很多天不敢出门。

印象中除了前两件事，父亲和他周围的人从来就没有龃龉的时候，他总体上还是个顺民，逆来顺受的"顺"，看着村支书都得紧张地拱手递烟。而后一件事，让他平淡的人生沾上一点儿传奇色彩，我曾经还因为这一壮举而对他心生钦佩，这至少让他看起来像个男人。

4

整个乡村似乎空荡荡的，人们走来走去，生活看不到新的希望，当上苍不能保佑人们吃饱，就会有人孤注一掷，铤而走险，从血盆里抓饭吃。他们在黑暗中摸索、挣扎，穿过幽深而又潮湿的通道，打孔、钻洞，来到生活的窄路上，向命索要生存的曙光。20世纪90年代初，父亲们勒紧裤腰带，一条条硬汉，脸一抹黑，光着膀子探身大地之下，成为矿工。父亲挖矿的地方名叫苦胆坡，离家有三公里远，这地方是一面荒坡，黑乎乎的洞口，像一张有苦难言的嘴巴遗落在荒草之中。苦胆坡，正如它的名字，隐喻着一种让人不寒而栗的生活，到过这儿的人，已将内心的苦楚压榨成针尖上的蜂蜜，时常需要付出血的代价，才能尝到那一丁点儿的甜头。我们每天在家里焦急地等待，直到门窗摇动，大地震颤，地心深处传来沉闷的声响，一颗悬起的心才又放下来，那是父亲和他的工友们在收工之前，点燃了火绳、雷管和炸药，将坚硬的矿山炸开了。第二天，他们回到矿洞之中，用錾子、手锤、刨杆、耙梳等工具将巨大的矿石碎开、改小，一块块从洞里背出来，搬上马车拉到矿厂上去称重，称重的人根据重量开给他们单据，而那一张张褶皱的单据要捏在他们手里几个月后才能兑换成钱——血汗钱，他就靠着这点儿微薄的收入捉襟见肘地应付着一家人的开销。

许多人收工后就会洗澡，换上干净的衣服，舒舒服服地在家里"养精蓄锐"，等待新的一天到来再次去消磨。而我的父亲屁股不落板凳，就会扛上锄头，背上箩兜，踩着夕阳的余晖大步赶往山上去和我母亲打理稼穑之事。他似乎停不下来，干什么活都比别人快，村里长辈们说起他，都觉得他太拼命，"像有鬼催着他一样"，有时看起来近乎慌张，为此他还多次被母亲骂过。农活多的时候，他连吃饭都不肯多花时间，仰着脖子，把碗端起来立在嘴边，吧唧吧唧往里扒，就像是直接倒进肚子里一样，有时刚吃完，把碗往桌子上一扔，碗都还在转圈，他人已经出门去了。苦命之人，若逢雨天不能上山干活，他就在家里坐立不安，时不时站在窗口看云，推算着雨停的时间。对他来说，这种闲下来的日子，连一日三餐都是浪费。即便如此，他也没能通过自己的辛苦和劳累为我们换得殷实的生活，一年到头忙碌，一年到头空空如也，似乎真有一个隐形的黑洞，需要他用尽一生，不停地往里面填充，而又永远都无法填满。他就像推石上山顶的西西弗斯一样，被贬的神灵，在命里奔波，在人间服刑。

现在想来，他还真的不能停下来。在他的身后，老老少少还有几张嘴巴要吃饭，还有家庭要维持，还有志气要立，还有尊严要护……而这些，像一条条举在空中的鞭子，一直抽打着他，命令他前进——向着没有尽头的地方。

5

他是慈父，他只能是一个慈父。

他爱我们，用一种蛮劲。

他很少对我们兄弟三人动手，除非我们在外面惹祸了，人家追上门来，为了息事宁人给对方一个交代，他会揍我们，用桑树条或者竹片子，一根打断了又换一根，直到对方无话可说，直到对方悻悻然离去。这时他又会像一个做错事的人，无可奈何地在母亲疯狂的责骂中低头不语。只能这样了，他没有能力袒护我们，但他希望我们能够顺顺利利地生活下去。

小时候，普通的伤风感冒，我们那儿的人几乎不会去医院，整天将自己严严实实地捂在被子里，出汗，一天天拖着直到自个儿痊愈，大家都觉得"钱"这种来之不易的东西花在药上不划算。我出疹子的时候，父亲去镇上卫生所给我抓过两次药，钱花了，但药没有起到效果。看着我一天天蔫败下去，父母在焦虑中到处为我寻医问药打听民间偏方。村里有人告诉父亲，离我们家不远的贵州境内，有一个叫黄瓦匠的老先生会一些巫蛊之术，可治各种疑难杂症。父亲急匆匆提着两瓶苞谷酒，走了十多里的山路，把我背到黄瓦匠家。那老先生白发长髯，一副仙风道骨的样子，慢腾腾地在泥炉边上吧嗒着烟斗，半晌之后，一大泡唾液吐在泥炉上发出一连串吱吱吱的声音。他不望不闻不问不切，径直找来一道符纸，手指在上面胡乱比画几下便点燃化作灰烬，和在一碗清水里让我喝下。我难以下咽，但父亲像是抓到了救命稻草一样，频频向我点头示意，我在他的眼神中看到了一种鼓励，遂闭着眼睛咕嘟咕嘟将那碗水一饮而尽。不知道过了多久我就睡着了，醒来后在父亲的背上，两个人嘴里呼出来的雾气时而纠结成一团时而又骤乱在冬天的寒风中，随着他急促的呼吸，那根拴在我身上的背带一紧一松地，就这样他背着我行走在蜿蜒崎岖的山路上，向着家的方向慢慢地靠近。长大后，我知道那次并非是黄瓦匠的"神丹妙药"挽救了我，而是时间到了，病该好了。我们那儿的许多小伙伴像我一样，都是磕磕绊绊长大的。当然也有一些很小就因病夭折，相比之下，我是幸运的。离我家不远处有一面荒坡叫生地沟，邻近几个村里的死胎或者夭折的孩子都埋在那里，由于多年来死掉的孩子都往一处埋，经常会出现这种情况：挖坑埋一个孩子时，不小心就会翻出另一个孩子的尸骸。我也有一两个小伙伴埋在那里，我现在已经想不起他们的名字了。

记忆中父亲还背过我一次。小学二年级期末，我高烧多日不退，班主任杨老师跑到我家来，好说歹说也要我去考试，否则会拉低班级平均分。父亲从来不会拒绝别人，考试那天，一咬牙把我背去学校，他用两个猪肉馅儿的包子把我稳在教室里半小时，我在高烧的情况下第一个交卷，而他冻得瑟瑟发抖，一直站在教室外的走廊上等我。分数下来后，我以第一名的成绩遥遥领先于其他同学。父亲按捺不住内心的喜悦，但凡有亲戚朋友来家做客，他便要将此事炫耀一番，母亲总也以嗔怪的口吻责备他沉不住气。从此之后，父亲坚定地认为，我是一个能读书的人。甚至在我长大一些之后，他都不太愿意让我去山上干活。古米廖夫有句诗："你是向日葵，不该爱上月亮。"父亲偏执地认为一辈子"玩泥巴"（干农活）是像他那样的"下等人"干的事情，而我应该读书，像镇上的那些老师一样，捧"铁饭碗"，娶漂亮媳妇，过体面的日子。"古人说过，'万般皆下品，唯有读书高'。当牛做马，再苦再累到老子这一辈就可以了。"他读过五年级，算得上识字，说话有时候会引经据典。

我原以为，像父亲这样的农民，一辈子在土地上以命相搏，早就被驯服，能够吃饱穿暖就已满足。现在看来，事实并非如此，他耗尽一生，忍辱负重都要把我往读书这条路上赶，我成了他的野心和追求，他期待着我能"出人头地"，要"笔杆子"，除了希望我能过上幸福的生活外，他自己也需要扬眉吐气啊！这就是为什么我小时候偷别人家瓜叶当猪草时会挨揍，而偷舅舅的书会免打的原因；这就是他送我去读书，看见车已经走远，自己跑出去两公里也要给我把车拦下来的原因；这也是为什么在我读高中之后，一支很短的烟他都要分几次才能抽完的原因……

6

一盏油灯挂在对面的墙壁上，不时发出呲呲呲的声音，便有烧焦的飞蛾应声而落，像几个错别字凌乱地摊在书页上。墙缝里漏进来丝丝微弱的风，让油灯的焰火摇曳起来，灯光也随之晃荡。他一个人，大部分身体深陷在黑暗之中，目光在书与笔记本之间往复游移，他神情专注，竟然不像一个农民了，他的钢笔在本子上沙沙沙地誊抄着，笔尖摩擦纸张的声音有时通宵达旦。我也时常从迷蒙中睁开眼睛，窥视着已经进入忘我状态的父亲，分不清是那团光抱着他，还是他的身体在发光。最后几个晚上，实在熬不住，他让我起床帮他摘抄几页，我才知道，他是为了节约两块钱，将一本盗版的《万事不求人》大段大段地摘抄下来，那是他从朋友家借来的占卜卜命的书。不知道他是什么时候喜欢上这个行当的。抄完那本书后，每逢亲戚朋友来串门，他总要转弯抹角地把话题引到

"算命"这件事情上。这时的父亲，找到了一种存在感，煞有介事地给人算起命来，其实他也是仅晓得一点儿皮毛，但在我们村里，已经足以让人听得目瞪口呆了。最简单的应该是测字，俗称"算八字"，就是八张纸片，分别写下乾、坤、坎、离、震、艮、巽、兑八个字，要求算命者想着心中的事情来抽字，每个字有相应的口诀，求运程、求婚姻、问吉凶等口诀各不相同。村里人一般都是晚上串门时来测字。只见父亲坐在油灯下，拿着卡片儿，口若悬河地背下口诀，诸如"今年你运气正在来，内添人口外添财，十年难逢金满斗，四季平安广招财""今宵有点弄头，好像腊肉骨头，劝君莫要念战，好事还在后头""……关门家中坐，祸从天上来""……万人凑合你，买卖翻大稍""今年买门神，看来是不行，年都过去了，下年才可能"等等，运气好的时候，还真被父亲"算"出来了，对方点头如捣蒜，频频称是。看着测字的人心服口服的样子，父亲自信得到了近乎放肆的地步，难免要将街上摆摊算命的"赵半仙""谢八字"之类的挖苦貌视一通。

自他算上命来之后，每每要做某件事情，必先占一卦，比如为了我们的学费要向别人借钱，若测得好字，就会撺掇我母亲放心去借（口诀是：大胆上前，事儿就好），巧合的是我母亲每次按他说的去借，或多或少都会借到。他自己是轻易不去借钱的，男人的面子抹不开。有次他鼓足勇气去找他的一个警察亲戚借钱，没借着，对方送了他一件警服衬衫，他如获至宝，一到赶集的日子便要将这件衬衫穿上，恨不得告诉每个人他有个亲戚是警察。他需要这些东西来建构一种坚强的保护色，有这层颜色罩着他，他才会觉得安全些。自从那本《万事不求人》成为他的行动指南后，他最喜欢做的事情就是给我算命，经常突发奇想地让我摊开手，盯着我手纹端详半晌后笑而不语，然后等到半夜时分才和我母亲嘀嘀咕咕，有次我听到他居然给我母亲打包票，说我长大之后一定能"考取功名"。那时我就在想，"功名"到底是个什么玩意儿，还需要"考取"，难道是一张试卷吗？对，就是一张试卷。

7

1998年，我十六岁，他四十六岁。我去外地读高中了，每个月利用周末回家取生活费的机会和他见两三次面。他另外的子女也都外出打工了，事实上我们离开后，孤独便像汪洋般卷过来，将他和母亲围成两个相依为命的孤岛，距离隔在我们中间，无船无桨甚至无岸可靠，除了心中无力的牵挂，我们终将无法靠近，且在时间的荡漾下，渐行渐远。

2001年我第一次参加高考，考上云南很差的一个教育学院。但和没有考上相比，即便最差的学校，也算是对我父亲有个交代，父亲也不懂这学校差不差，总算他儿子是考上了，有些人还等着看我父亲笑话呢。他们经常看见我出入镇上各种台球室和电影院，或者伙同一帮年轻人终日在街上闲逛，私底下早就觉得我父亲供我读书是在干着一件形同扶烂泥上墙、推狗爬树之类的事。第一次出远门，全家人都很紧张，到处拆东补西凑来的几千块钱不知道该装在哪儿，放我背包里觉得不放心，揣在我衣服口袋里也不放心，最后父亲找来他的一条裤子，逼我穿上，那裤子上有个拉链包，将钱藏在里面，还是不放心，又让我母亲沿着拉链用针线缝了几道。坐了两天的长途车，终于抵达学校，放下行李，换了衣服，我就和同学去吃饭了，刚吃了一半，忽然记起刚换掉的裤子就扔在宿舍里，钱全在里面，来不及给我同学招呼一声，我忽地一下就跑回宿舍，一看裤子还搁在床沿上，整个人内心扑通扑通地狂跳不止。一个月后，我实在对这个学校毫无兴趣，给我父亲打电话，我说想回去补习，他有点儿失落，但也没阻止我说："你自己决定吧，大不了我这把老骨头再多给你磨一年。"他的口吻里有着些许挫败感。2002年，我再一次参加高考，成绩比上一年还要低，也收到了一张通知书，来自云南南部的一个师专，这次我已没有任何理由补习了。在师专读书的三年，每逢暑假，父亲总要给我电话，让我回家帮他干活。我知道，为了供我读书，他扩大了烤烟种植面积。种烟是最苦的活儿，一家人没有几个强壮的劳动力，根本就无法应付。我回来后，经常和我的发小换工（他帮我干两天活，我又帮他干两天），这样一来，整个暑假，我每天从早到晚都是处于背着一百多斤烟叶行走在路上的状态，箩筐的背带勒在肩膀上，将双肩上的肉皮都磨掉了一层。有几次，我们还在地里掰烟叶，滂沱大雨就从头顶浇灌下来，旷野中找不到一处可以避雨的地方。站在空旷的大地上，头顶雷鸣电闪时，站着的人极有可能会被雷电劈成两片。这时我们都会俯下身去，把头塞进烟草的根部，任由身子露在外接受暴雨的冲洗。回到家时，全身上下都在滴水，父亲问我："感觉如何？""太累了。"我有气无力地回答他。父亲觉得我没有吃过苦头，有意让我锻炼一下，他也确实需要我，而我也确实长大了。

2006年我在镇雄安尔中学教书，第一个学期攒下来的工资就给家里买了一台29英寸的彩电。因为没有别的负担，父亲终于从陡峭的生活中找到了喘息的机会，整个人的状态变得稍微有所松弛。在我们村里，比上不足比下有余。我的人生走向他是满意的，他期待我成为一位教师，捧"铁饭碗"，他用一生在我身上押注，终于扳回了一局。

是的，他扳回了一局，为此用掉了一生的时间。

8

命运真的过于吝啬，甚至是残忍，只给他赢的机会，却不给他享受成果的时间。他来人间就是为了赌这一把，赌局结束了，他也被召回去了。这是我和父亲一起经历的生，接下来，我将写下他的死，在我眼皮下，一寸一寸的死，一秒一秒的死，一克一克的死，死不够还要再添一点儿的那种死，今天死了明天还要接着死的死。我总觉得，这生死之间似乎只是隔着一堵墙，我从生的这边敲，他在死的那边听。

9

　　我坐在床沿上，握住他的手，不时俯下身去用耳朵感受他的呼吸，随着时间往后推移，我的耳朵离他的鼻孔越来越近，最后几乎要贴上他的脸才能感受到一丁点儿微弱的气息。我一直在他旁边不停地鼓励他，挺住，挺住，再有一小时、半小时、二十分钟、十分钟……一个长跑的人，即将抵达终点，长跑的路上似乎太孤独了，所以他生下了一个儿子，为他鼓劲。他也一直在等，我看到他的努力了，在他神志尚未模糊之前，他问过我几遍——他的第二个儿子到哪里了——我的二哥一家还在昆明往回赶的路上，他要看到他的子孙都到齐了，才会放心离开。

　　冬天的夜晚，乌蒙山上到处飘着细密的雨丝，气温持续下降，在那些寂静的山道上，冰凌僵住草木、电杆、泥土时，发出嘶嘶嘶的声音如蚕子噬咬桑叶。我第一次感到时间的慢，像锯片一样缓缓拉过肌肤。我的二哥一家正在火急火燎地往家赶。一个人正在飞速赶去与另一个人做最后的告别，那个要离开的人已经站在生死之门前，向着人世的方向焦急张望，我甚至听到了死亡的大门哐当一声启动了，它在慢慢合拢，一种无形的力量在挤压着我的内心。快接近凌晨了，陪我守夜的人有的已经熬不住回去休息了，几个老人在炉火旁边喝酒边唠嗑子，我伯父不时地会叮嘱我："盯着他的眼睛，一旦眼球发绿，瞳孔散开，就要赶紧抱进堂屋里去。"这是我老家的风俗，人不能躺着死在床上，这样会被别人说"闲话"，通常会被认为是这家人不积德的表现。需得全家人围着，坐在堂屋里，烧着纸钱慢慢离去，这样才是我老家人"正确"的死法。我握着他的手，像一个提着口袋收捡骨头的人，深陷在焦急的等待中……突然，门咣一声被推开，寒风从门口灌进来，几个人带着一身寒气，径直抵到父亲的床沿——二哥一家到了。

爸爸、爸爸……我们轮换着喊，他的睫毛动了一下，他知道我们到齐了，约莫十分钟后，他的面容似乎开始松动，眼窝里也泪汪汪的，但在灯光的照耀下隐约能看到伯父说的那种"绿"。我大叫一声，"爸要走了"，同时双手探进他的身体之下，像抬一块布匹一样将他整个身体端起来，大家也跟着搀扶，将父亲挪到堂屋里提前备好的靠椅上。我们兄妹几个稳住他的身子，母亲在他脚下垫了一个升斗，据说这是通往阴间的桥，有一瞬他的一只脚滑下升斗了，还是他自己抬上去的。已经有人在堂屋里烧起纸钱，摇摇曳曳的火光中，我一直托住他的下巴，感到手心里有一股重量在慢慢摊开，伯父走过来摸摸他的眼睛和鼻子，十分肯定地告诉大家："人已经走了。"我母亲、姐姐和妹妹随即恸哭起来，伯父让她们把头转向一边哭，不要让眼泪滴到父亲身上。那时天麻麻亮，哀恸之中，鞭炮在屋外噼里啪啦地炸开了，那声音在很远的山峦上回荡着，似乎是我们刚刚送走的人，到了另外一个世界，而那边正在锣鼓喧天，鞭炮齐鸣，迎接他的到来。

鞭炮声响过后，残雪滑落，乌鸦飞出竹林，村里人也闻讯赶来，与我们一起料理父亲的丧事。

10

壬辰年正月十二（2012年3月4日）清晨6点，父亲寿终于家，享年六十岁。

《安魂曲》《大悲咒》的声音循环飘荡在村庄上空，雾岚散尽，大地露出它的仁厚与宽容，我们沿着山的走势，在贵州和云南的交界上，找到一块敞亮开阔之处，作为父亲最后的归宿地。站在那儿，可以眺望山峦起伏的贵州，人间烟火遍布于苍松密林之中，这是他的来路；站在那儿，也可以远观高天厚土的云南，南来北往的人们蹀躞于阡陌交通之上，这是他的归途。

人影嘈杂，每个人各行其是，搭棚、借物、砌灶、杀猪、买菜、请端公、通知远亲近邻等等。而孝家是不用具体做事的。闲下来时，看见有人下棋，我便上去与其切磋一番。我的堂嫂看我像个置身事外的人，笑嘻嘻凑到我身边说："别家老人过世，都哭得呼天抢地的，就没见你掉过一滴眼泪。"我只是莞尔，没有作答。我的堂嫂哪里知道，我的眼泪早在几个月前就已经流干了。父亲逝世后，之前那种痛彻心扉的感觉在我身上荡然无存了，反而心生一种"大逆不道"的轻松。我想父亲如若在天有灵，也不会怪罪于我。他是那种做事干净利落，从不喜欢拖泥带水的人，如果要让他身边的人活在痛苦里，那他是断然不会愿意的。

在他倒床之后，饮食起居都要人照顾着。为了能更好地照顾他，我在他的床榻之侧搭了一个床位，这样只要他想起来方便，我能第一时间知道。经常在半夜时分，我从迷糊中惊醒，看见他正扶着床沿，身子在艰难地移动，即便到了这个地步，他还是不想打扰我，而这时我会愤怒，会对着他吼，会责问他为什么不叫醒我。父子之间的爱如此沉默，以至于有时候我们爱着对方，以一种看起来极其粗鲁的方式。他身上已经没有脂肪了，从之前一百五十多斤骤降到六十多斤，坐在坐便器上，会因为臀骨和坐便器之间的硬对硬而硌出痛苦的声音，这时我会抱着他，让他的屁股悬空着对准便槽。他是一辈子死要面子的人，哪里能够接受这种屈辱，何况还要让我受累，开始他是如何也不愿意的，后经我百般劝说，他自己也无能为力的情况下才勉强接受。这让他内疚万分，总觉得自己的病连累了我们。辗转过几家大医院都没能让他的病有所好转，他也知道自己可能无药可救了，但一听到村里有行脚医生走过，他就会让我母亲将人家请到屋里来，他还是想碰碰运气，我看着行脚医生在他面前吹嘘着手里的虎骨鹰爪之类的奇效，我知道那是骗人的，但我还是会给他买下来。躺在床上，他一定回忆过自己的一生，也去过几个热闹的地方，有时会冷不丁地冒出一句："哪里好耍？哪里好耍都没得人间好耍。"这时会有一滴清泪从他的眼角滑向枕边，我赶紧和母亲顾左右而言他，将话题转向别的地方。

11

父亲患的是肝癌，发现时已经是晚期了。他不喝酒，唯一有可能导致这个病症的原因就是肝炎。一个生活四壁漏风的农民，根本不可能有体检的胆量和意识，多年的肝炎没有得到遏制，久而久之就引起肝硬化，从而导致了肝癌。也不知道需要多久，肝炎这种常见的病症才能恶化成肝癌。在他病逝前的几年，我经常看见他在敞坝里浇水洗澡，身上的几块腹肌像畎亩中隆起的田垄，即接受了上天的馈赠也接受命运的索取，只不过他付出的太多，而得到的又实在太少。

当我姐夫从昆明打来电话告知我关于父亲的病情时，我正站在镇雄县安尔村乡村中学的讲台上，两个男人隔着六百多公里的距离，在电话两端竟然情难自已饮泣成声，癌症猛于虎焉，就像一座大山突然坍塌了，将那些猝不及防的人突然埋于泥土之下。那些天我一直把自己禁闭在幽暗的书房里，为了不让同事和学生听到我的哭声，刻意把低音炮的声量调到最大。我的女友，也就是我后来的妻子总是陪在我身边，两个悲伤的人都不敢抬头看彼此的眼睛。后来经我和家人商量后，很快把父亲送回老家，医生说他最多能活五个月，农村人讲究叶落归根。

可是一个很严峻的事情很快就摆在我们面前。那就是如果父亲病逝，我们将如何操弄他的丧事。老家的房子太窄了，一进二居室的两层房子，门小如洞，棺材无法进出，即便能进去屋里也很难摆下来。我和二哥很快达成共识——立即建房，五个月的时间从下基石，砌墙，水泥打板封顶，工期催紧一些应该能赶上。父亲回家没几天，我就开始忙活起来。对此他十分不解，几次厉声问我："建房干吗？你兄弟二人又不回来住。老子身体好的时候你不建房，现在我干不动重活了，你却建起房子来，哪怕是捡一块砖背一片瓦都要请工人，浪费钱。"我只骗他说我要结婚了，家里太窄办不了婚事。我们所有人都守口如瓶，不敢告知他的病情，更不敢向其说出我们真正建房的目的。随着他的病情一天天恶化，房子也建起来了，刚安上门窗，我从镇上请马车拉回来一副硕大锃亮的棺椁摆在堂屋里时，他似乎一切都明白了，也认命了，躺在床上终日默不作声。

他身体好的时候，干活是我们村里众人跷指称赞的一把好手。无论是做自家农务还是帮助别人从不拈轻怕重，多脏多累的活儿都一肩担起。建房期间，他总是不放心，经常从床上爬起来，颤巍巍走到施工现场，咬牙切齿地责怪我，他看不惯我请来的工人，总觉得他们在偷懒，干活太慢。为了加快建房进度，我每逢周末，就会乘坐一天的车赶回家参与建房，挖土、抬砖、拌灰浆一样不落下。我干活的时候穿的是他平时劳作的衣服，上面浸满他的汗渍和来自庄稼地里的露水，总觉得很潮湿。有一天我蹲在墙根下歇息，无意间从那件衣服的口袋里摸出一粒黄豆，都已经发芽了。因此想起他苦命的一生，从没享过一天清福，子欲孝而亲不在，我悔恨至极。直到现在，我仍然觉得那件衣服还穿在我的身上，那粒豆芽就长在我的心里。

12

从昆明回到老家集镇上，下车后要走二十分钟的泥泞路才能到家，途中我们遇到了很多人，他们都知道父亲这次出门是去治病，有的小心翼翼地向我们探问父亲的病情，有的叮嘱父亲回家后要好好疗养，有的从父亲憔悴的样子上也看出了一些端倪，但都心照不宣。这些人中，有个邻村的婶娘背着一大篓筐萝卜，杵在地埂边上歇气。她气喘吁吁地远远就跟我父亲打招呼，言语里尽是关怀，说孩子们都已经长大成人了，劝我父亲干活不要那么拼命。出人意料的是没过多久，那位婶娘就因为突然病发在送去医院的途中不幸离世。父亲躺在家里，听到哀乐从邻近的寨子里传来，问我们谁去世了。当得知答案后，他说了一句"命中注定"，对于生死似乎看得更开了一些。那段时间，左邻右舍也经常来探望他，有人带来另一个不幸的消息，父亲的一个远房外甥，就住在临近我家的贵州寨子里，小他十多岁，得了绝症，命不久矣。自此之后，他每天都会询问我们对方的情况，似乎要比比看他俩谁先熬到最后。其实，他是担心他俩同一天逝世，邻里帮忙的人手不够。事实证明他的担心并非没有道理，抬他入土那天，人们刚一放下肩上的丧担，立即就朝贵州方向拥去，那边他的外甥家里，一切都已做好准备，正等着人们赶来发丧。

从发病到他的生命结束这段时间，大约五个月，我不能天天在家里陪他，每个星期天从东到西横穿整个镇雄县去上课，光在路上就得花一天时间。每次要走之前，我都会装作很轻松的样子和他商量："我去上课，你要等我。"他一辈子患得患失，总觉得我好不容易弄到手的"铁饭碗"会被别人觊觎，有时候甚至会用命令式的口吻让我不要再来看他。

我的朋友曾夸张地给我描述过，每一个肝癌患者最后都是痛死的——他们的肝就像面团失水一样，慢慢地固化，变硬，继而嘎嘣一声脆响就裂开。我实在不忍目睹父亲被这种疼痛折磨得痛不欲生的样子，提前为他到处打听"杜冷丁"的购买方式，这是一种镇痛剂，在人体内脏剧烈绞痛时，它能减缓病痛的程度。但我百度过杜冷丁，"本品为国家特殊管理的麻醉药品，务必严格遵守国家对麻醉药品的管理条例，医院和病室的贮药处均须加锁，处方颜色应与其他药处方区别开。各级负责保管人员均应遵守交接班制度，不可稍有疏忽。使用该药医生处方量每次不应超过日常用量。处方留存两年备查"。虽然疼的是父亲，但好像我比他更需要杜冷丁。我托朋友从不同的医院购买，在家存放了七八支。我见过父亲疼得最厉害的时候，整个身子蜷缩成一团，咬着牙，脸上青筋暴露，汗珠一粒一粒地从头皮上挣出来，实在挺不住了，他就指着桌子上的菜刀，求我们送他一程。开始给他注射杜冷丁，他的身子会痉挛一下，最后那几天，无论针头如何扎进他的肉里，他都纹丝不动。疼成为一种常态，人反而变得异常平静。

13

在他生命最后的几年里，其他几个子女自食其力，去了昆明打工，而我在离他一百多公里的地方教书，很少回家。他和我母亲带着两个孙子，留守在老家，平时各忙各的，我们偶尔从电话里询问着彼此的近况，除了再三叮嘱我"保重身体"，似乎他也就没有太多的话题。有时候因为信号太弱而中断通话，两个老人会在另一端猜测着到底发生了什么，提心吊胆地活着的人，总是会把事情往最坏的地步去想，如果是在晚上，那他俩是不敢睡去的，除非我们重新打去电话，把事情说清楚，他们才能安心。

子女们邀请他去过几次昆明。到底是见过一点儿世面了，好几次竟然在邻人面前炫耀起来。最后一次，他去昆明的时间有些长了，是我打电话去催他回来的。他在我的声音里听到了焦躁与愤怒，即刻用一种承认错误的口吻向我保证尽快回家。三天后，我在镇雄县环城东路接到了他，他带着家里的长孙，费了很大劲才硬生生将自己从面包车里扯出来，我从车窗口望进去，里面还挤着一堆灰头土脸的人。那时我租房住在镇雄县环城路，楼下是一家小餐馆，我们在那里吃饭，边吃他还边告诉我，家里的活儿不用我操心，他回来顶多一个星期就做完了。他认为我是责怪他偷懒，跑去昆明躲农活了。他不知道，那天我是先给母亲打了电话的，电话中我觉察出母亲的孤独，脑海里总浮现出老家的茫茫夜空之下，一个农村女人孤独地蜷缩在被窝里，窗外传来一点点风吹草动，立即心惊胆战地坐起来的情景。我希望他们彼此陪伴着。

前几次，他去昆明看望子女们，回来的时候，总是被他们收拾得光彩照人，整个人的精气神一点儿不像农村人。而这次，他坐在我对面，虽是深秋，气温还很高，他穿着宽松的灰色T恤，松软疲沓的大短裤里晃荡着两条毛茸茸的腿，整个人面容暗黄，胡子拉碴的，瘦了一圈。那晚父亲和我挤在出租屋的一张窄床上，谈了很多，但谁也没有料到，那竟然是我们的最后一次深夜长谈。

几天后，我突然接到村里人的电话，对方告知我父亲倒在苞谷地里，母亲正随同寨邻将其送往村卫生所。我赶紧打电话安抚母亲，说我随后就会到，父亲可能是劳累过度或者血糖高之类的，去医院挂两天吊瓶，休息一下就没事了。我到医院的时候，他眼珠子骨碌转了一下，连忙在我母亲的搀扶下强撑着坐起来。他又开始自责起来，说自己身体出了一点儿小病，就让大家都丢下工作跑回家。三天后，我越来越觉得不对劲，他的病情似乎没有好转，整个人像霜打的茄子般蔫着。在我的再三坚持之下，他被迫和我进城了，住在县医院，各种尿检、抽血、心电图、B超等，每检查一样，他都会问我多少钱。那段时间，我陪着他在医院，总觉得生病的是两个人，他身体的不适和疼痛，完全在我的身上有着切肤的感受。父亲一生都很在乎别人的看法，就怕自己的行为会给别人带去不适，即便挂吊瓶时，护士在他手上扎了七八针都找不到血管，我几次差点儿发脾气都被他制止了。县医院的检查结果最终出来了，医生告诉我，说他肝上的有个肿瘤，是良性的。我们一家人如释重负，连夜来悬着的心终于放下来。我们要求转院，觉得昆明的医疗条件更好一些，一家人围着他，并承诺治好以后，如果他愿意就留在昆明生活，我们任何人都不再干涉。

送他离开镇雄的那个清晨，二哥把车开到城郊，我在空地上点燃一挂炮仗，希望借此冲洗掉笼罩着他的霉运。炮仗一响，父亲就随同家人驶向昆明，而我转身返回县城，独自走在巨响之后的寂静中，走成滚滚红尘里，一个无人等候的孤儿！

我的母亲

1

官抵坎在滇黔交界上，算是云南很偏僻的村落了。这种地方最容易被忽视，它和城市文明隔着千山万水，似乎满世界都华灯初上了，就我们那儿还在点着煤油灯，整个村庄在一盏盏摇曳的灯火中晃荡着，光明悬浮在夜空的底部，却难以触摸。放眼望去，田野中很少有钢筋水泥铸就的电线杆，电线穿过空中，多数绕在光秃秃的树桩上，每逢冬天，风雪冰凌大，很快就被冻断了，供电人员要等到来年开春才会去疏通，如此一来，漫漫寒冬里原有的几分冷清就会显得更加寂寥。天冷，四野安静极了，家家户户围着炉火取暖，但又觉得煤炭仅用来烧火烤太浪费了，所以通常都会在炉火上煮上一锅猪食，或者半碗陈年荆豆，又或者熬几根筒筒骨等。

时间在炉火中经过，人在光阴里进出，日子就这样一天天流淌着。

母亲在村里，算得上半个手艺人，会点儿针线活。我们一家人围着炉火，有说有笑，有时母亲边纳鞋底，边给我们唱《赌钱歌》《祝英台与梁山伯》等民间小调，唱完一首后，就把针线活儿往怀里一收，凑过来逗趣问我："好听不？"我也咧嘴一笑："好听。"母亲乐呵呵地笑起来，把头转向我父亲："唉，咋生了个这么丑的娃，怪实难瞧了。"父亲杵在煤油灯下看旧报纸，听着母亲的话，笑而不答。暗黄的油灯下，我们的影子投射到黑魆魆的墙上，形如魑魅，看了让人心里怵得慌，我不敢单独坐一条凳子，钻头觅缝往兄弟姐妹们中间挤，他们推搡我，难免又要争吵，随着母亲一声呵斥后，大家又都规规矩矩坐着烤火了。那时，我七八岁，黑夜不来，就不会归家；母亲三十五六岁，有洪亮的嗓子，常在村口呼唤我的名字。

家里唯一像样的东西，是一台老式二手缝纫机，据说是父亲买来的，他最先学会缝纫，但农活太忙，就把这门技术教给了母亲。买缝纫机的目的是为了节约钱——哥哥穿的衣服，不合身了就改小一点儿给二哥穿，二哥穿了一段时间，不合身了又改小给我穿，很多裤子穿破了打上补丁继续穿，实在过于破败了，还可以继续改小做布鞋的里子。至今印象最深的一件事情是，母亲背对着我和二哥，在窗台前一门心思地蹬着缝纫机，我和二哥蹲在炉子下玩灰渣，我俩堆起一座尖尖的"房子"，并在其顶上插上一枚鞭炮做烟囱，不知何时，竟然从炉洞里滚出来一块烧得正旺的煤渣儿，碰巧把鞭炮引线点燃了，它嘭的一声炸开，母亲被这突如其来的巨响吓得差点儿从凳子上摔下来。我和二哥也被吓得目瞪口呆，嘴里、鼻孔里、眼睛里全是煤灰。惊惶之中，母亲将我和二哥从满屋飞舞的灰尘中拖到敞坝里，掰着我俩的眼睛耳朵看，确定我俩没有受伤后，拖着哭腔劈脸就是一阵破口大骂，随后还找来竹条子将我和二哥狠狠揍了一顿。母亲的愤怒源于现实对她造成的危机感，族里有个堂哥因为玩炮仗被炸掉了三根手指，我们那种家庭，最好是每个人都能顺顺利利地成长，谁要是身体上稍微出点儿偏差，随便一点儿医疗费都会让整个家庭的困厄变得雪上加霜。

2

从小到大，教育孩子的事情，我父母有着严明的分工。母亲唱黑脸，父亲唱红脸。原本是父亲唱黑脸的，但是父亲有个缺点，每次揍我们都会忍不住发笑，母亲嫌他不严肃，"打了也是白打，起不到教育的作用"，所以主动把这艰巨的任务揽过去，当然啦，她做得更好，每次都能让我们刻骨铭心，她常批评父亲说，孩子要爱在心里，不能整天和他们嬉皮笑脸的。

有一年春节，我们七八个小伙伴约着出去玩，漫无目的，误打误撞来到了贵州境内的渭河边。听大人们讲过渭河的下游有个水电站，非常壮观，于是大家都想去看"稀奇"。但是去水电站的路在河对岸，如果我们不蹚水过河的话，还要再花两个小时才能绕过去，大家都想取近道，遂决定涉水而过。冬天的渭河静悄悄地流淌在山谷中，两岸的悬崖夹道之处，流水从中穿过，呈现出一片片幽深暗绿的水域。要从渭河上蹚过去，必须找到河水最浅、水势最小的地方。我们沿着河谷走，最后找到一处开阔之地，那儿流水清澈、平缓，还能看到河床上的鹅卵石长满了青苔。我先蹚进河去，拿着竹竿试水，每走一步，都会将竹竿插在水里，以便身体能够找到稳固的支撑点，这样叉开双腿站在水中就会更踏实些，但是冬天的河水，有着尖刀般的凛冽，人在里面站不了多久，便忍不住要将脚抬出水面来。当我来到河流中央，撑着竹竿颤巍巍地站定时，小伙伴们在岸上一阵欢呼，这意味着我们能从水面上抵达对岸，过了水中央，越往对岸走，河水会越来越浅，水势也会越来越小。我叮嘱大家，大的搀扶着小的，彼此互相抓紧，脚底板务必擦着河床走。就这样，一串小孩儿跟在我身后就开始渡河了，最大的十岁（就是我），最小的才五岁。走到流水中央时，有人在鹅卵石上滑了一跤，身子往后趔趄，差点儿没跌倒在水中，一串儿人都跟着摇晃起来，年龄最小的两个小伙伴被吓得哭出声来，情势危急，我赶忙大喊一声："站稳啦，不要动。"因为我知道，但凡有一个人摔倒，就会连带着大家一起倒下去，然后被流水冲走，在下游等着我们的将是发电厂里的水轮机，人从那儿过，瞬间就会变成肉酱。待我们重新调整步伐，每个人都是大家的救命稻草，小心而又谨慎地在河面上缓慢地移动着，总算是到对岸了，一个个被吓得脸色苍白，瑟瑟发抖。那天我们回到家时，已是傍晚，我正在楼上换衣服，忽然听到两个小伙伴的父母跑来我家告状，他们责怪我带他们家孩子过河。我母亲听后，气冲冲跑出门去找我，她不晓得我就在楼上，此时若被她找到，后果不堪设想。我被吓得躲了起来。母亲去外面连喊带找转了半天，没有寻到我，急得哭了起来，我听到她在楼下抱怨："怪我儿子带头蹚水，现在他被吓得找不见了，我找谁要去？"直到很晚了，我在楼板上弄出了窸窸窣窣的声音，才被父亲从蚊帐后面揪了出来。父亲抡着手就要揍我，母亲一把将我拉到身后挡住，发了疯似的对着父亲吼了起来："孩子都被吓成这样了，你还要动手？"大家冷静下来后，母亲温和地给我讲述蹚水过河这件事情的危险性，并告诫我这样的事情以后杜绝发生。

可另一次，我却没有这样幸运。我躲在楼上看武侠小说，极其痴迷，经常忘记下楼吃饭。我母亲发现后，把我的书扔了，撸起袖子狠狠地抽了我一顿。因为她听人家说，读武侠小说会上瘾，和吸毒一样，最终会越陷越深，荒废学业，一事无成。即便如此愤怒，母亲也只是把那本武侠小说扔了，而不是直接撕掉。母亲心里明白，那是我借来的书，撕掉后没有钱赔人家，而扔了后还能再捡回来。母亲教训我们是很讲究分寸的，即便用了竹条子，也只是往后背或者屁股上打，这些部位随便抽几条子是无大碍的。隔壁村有个母亲打自己的孩子，不小心一条子抽在眼睛上，从此那孩子的眼珠子便终生落下了"萝卜花"，那母亲也因此一生都活在内疚和懊悔中。对此，我母亲没少警告父亲："不要打孩子的头和脸，一是危险；二是人活一张脸，树活一张皮，打脸伤自尊。"

3

母亲没有上过学，这是她一辈子都感到遗憾的事。几十年了，偶尔提起，难免还会感慨："不识字的人就像个瞎子，被人写着名字骂都不晓得。"在母亲那儿，字就是眼睛，是能让人变得清澈的东西。据母亲讲，她原本很想读书，到了上学的年龄，村里的老师总是跑到她家去，苦口婆心地劝我外公，设法让我母亲去读书，但都被外公拒绝了，理由是家里农活太忙，孩子又多，需要人照顾，母亲在家里七个孩子中排行老大，这个任务自然就落在她身上了。母亲每次讲起这事，总会说："也怨不得谁，那时社会就是这个样子。"有一年，两个警察追捕犯人，路过我们村，到我家来借宿，母亲做饭招待他们，吃饭时两人把手枪卸下来，藏进我家床铺里，其中一个警察谈起我母亲，满脸的遗憾。后来母亲告诉我们，他就是当年村里那位老师，还说人要有文化才能长出息。

由于不识字，母亲反而对汉字有着一种莫名的敬畏。年轻时母亲收藏 "鞋样"，鞋样就是根据脚底板的大小，用纸剪出来的模型。做布鞋前要先做鞋底，而哪双鞋的码子多大得凭借 "鞋样"来做。每次要剪鞋样，母亲找到一些纸张，拿着剪刀犹豫，那些纸上的字像一条条生命，她下不去手。试了半天还是觉得不放心，递来问我们纸上都写了什么，她在一旁仔细听着，直到确定这纸像我们说的那样"没用"，才会若有所思地剪开。有时看见地上有皱巴巴的纸片儿，无论多脏，她都会捡起来，展开，将纸上的泥土擦去，边擦还边教育我们说，纸上有字，踩不得，眼睛会瞎。她说这话的时候，满脸虔诚，就像那纸上有一座庙宇，里面供奉着一个个威严的汉字。

母亲常说：打铁还需自身硬，人无志气，狗过路都会对你打尿脚（方言，意指什么人都能欺负你）。母亲认为，读书能增长人的志气。母亲虽然没有读过书，但平时说话，条理清晰，滔滔不绝，经常能准确而又生动地援引一些谚语、俚语、歇后语之类的东西，我还算阅读颇广，却很少能在书里见到。比如她教育我们兄弟要团结，就说"人亲骨头香"；形容农活太忙，就说"瞎子打婆娘，松不得手"；嘲讽某人脸皮厚，就说"打不知疼，骂不知羞"；某人没有自知之明，就说"牛不知角弯，马不知脸长"；鼓励我们拼搏向上，就说"吃得苦中苦，方为人上人"；教我们穿衣服，会说"人靠衣装马靠鞍，狗配铃铛跑得欢""穿衣不提领，必定是草墩"；讥讽谁的穿着和季节不搭，会说"刺巴林里的斑鸠，不懂春秋"；追问某件事情的起因，会说"没有那颗钉子，挂不上那个瓶子"；讲到责任，会说"牛吃牛背，马吃马驮"；谈到教育，会说"人看自小，马看蹄爪""跟好人学好人，跟着师婆跳假神"等等，我曾经还萌生过整理母亲"语录"的想法，但最终放弃了，因为她总是冷不丁地说出来，让人毫无准备。

"少壮不努力，老大徒伤悲。"我还能清楚地记得，我第一次知道这句诗，竟然是从我母亲嘴里说出来的。她用这句诗来教育我，从小要好好学习，免得长大了后悔。她们年轻时去赶集，一群人被拦在街口，要会背诵《毛主席语录》里面的一些段落才能进入，母亲记忆力好，估计是那时学到的。偶尔她也会背几句《毛主席语录》里面的句子，比如"我们都是来自五湖四海，为了一个共同的革命目标，走到一起来了"之类的，背完后看见我们兄妹几人惊羡的样子，她脸上便会露出得意的神情。

母亲从自己的人生经历中感受到了知识的重要性，所以她总是对我们兄妹几个承诺："我不会让你们重复我的老路，你们有本事读出去，无论砸锅卖铁，讨口要饭，读到哪儿我供到哪儿。"事实证明，母亲为了我们，从来也没有放弃过。

4

母亲生于1954年，十八岁就嫁给我父亲。刚到官抵坎时，父亲这边连家徒四壁都说不上，因为他们没有自己的房子。后来"耐苦逃生"（母亲时常挂在嘴边的话），和父亲一起背土筑房，建起了一进两间的茅草房（也就是我在其他文章里写过的老房子），那就是我们最初的家。

母亲性格刚强，面对屈辱从来都是奋起反抗，这和父亲"多一事不如少一事"的处事原则不同。我们村有几个妇女，吵架的功夫在上下寨子都是出了名的，母亲在她们中间，可以排名前三。她们平时温和而又恭良，可一旦吵架，便会立即进入"战备"状态，端来小板凳往路边一坐，像上班一样，紧接着就指天骂地，巧舌如簧，翻着对方家史如数家珍，有的放矢，刀刀见血，往往都是日出开骂，日落不息。对此，父亲如是评价：我们这个家，如果没有你妈这股泼辣劲，不知会遭受到别人多少欺负。以前官抵坎家家户户都在种烟草，那是村里人最主要的经济收入。种烟草是我见过的最辛苦、最繁琐的农活——刚入冬，人们就会忙着背粪上山，一个一个地装营养袋，播种，盖地膜，紧接着翻耕土地，将烟苗一棵棵移栽到地里，盖土，施肥，薅草，除虫，掰烟花，摘烟叶，一篮一篮地背回家，三片或五片理成一把，并一把一把地扎在烟杆上，然后再送入烤房，烘烤结束后，又要根据每片烟叶的大小、成色等归类，打包，压饼，最后才背去烟草收购站卖掉。一年要十个月的时间，才能将一季烟草的事儿忙完。我们那儿把卖烟叫作"评烟"，一年辛苦到头，就指望着这点儿烟叶支撑家庭开销，可当方圆几十里的人们把烟叶背到烟草收购站，熬更打夜排队卖烟，一饼饼烟叶往秤上一放，什么级别却任由收购员来定，评级越好，单价也就越高。但烟草收购站的人很狡猾，评级时总优亲厚友，那些没有关系的人个个愤愤不平，一想到自己的血汗钱就这样被压榨了，难免都要和烟草收购站的人争吵，有时还会打架。每次评烟回来，村里人都会讲起谁谁谁又和烟草收购站的人吵架了，而这些吵架的人中，总是少不了我的母亲。其实母亲是个通情达理的人，不到万不得已是不会和人吵架的，她说："不吵怎么办？不吵你的学费就没了。"

我的母亲身形瘦小，站在人海中瞬间就会被淹没，但她把自己裹成一包炸药，塞进生活最坚硬的地方，如若遇到过不去的坎，她会随时点燃自己，为我们炸开一条生路。

5

母亲认为，人之所以是人，是因为知礼仪、懂廉耻，为此，逢年过节，她总让父亲教给我们兄弟三人一些祭拜祖宗神灵的仪式。可偏偏父亲又是个粗枝大叶的人，平时只知道像牛一样去劳动，不太注重对我们进行这方面的引导和教育，因此经常遭到母亲的指责和批评。实在拗不过了，父亲才会按照母亲的指示，似懂非懂地教我们，母亲在一旁看着，发现父亲有教得不对的地方，就会及时纠正。她说，男人是片天，地上的秧苗长得如何，全靠天上下来的阳光和雨水。

大年三十晚上，母亲忙碌了半天，终于摆弄出几道菜，我早已迫不及待地守在桌子旁了，蠢蠢欲动，这时她会横我一眼，嘟着嘴骂道："没家教。"我伸出去的筷子悬滞在空中，片刻后又缩回来，羞愧中将筷子放在牙齿上轻轻咬着。母亲看了看我后，似乎觉得过年是很喜庆的日子，不该给孩子难堪，又轻言细语地给我解释道："今晚过大年，你王家列祖列宗都回来了，我们要先供饭（祭祀），他们吃了我们再吃。你是男孩子，要懂礼仪，将来还要传给你的孩子。敬畏之心不能丢啊，古老古代传下来的东西，其中定有它存在的道理。"母亲说着，我频频点头，她的教育似乎从我这儿得到了回应，于是高兴地往我嘴里塞了一块肉，吩咐道："去吧，和你爸摆桌子供饭。"我们按照母亲的指示，沐手、焚香、点蜡烛，摆上三菜（汤）三饭，这时母亲喊了一声："恭请王家列祖列宗吃年饭啦，旧年转眼过去，新的一年即将到来，还望祖宗神灵继续保佑你们的子子孙孙，保佑他们身体健康，干农活的五谷丰登，读书的学业有成。"约莫十五分钟后，父亲在地上滴三滴酒，烧上几张冥币，把我们兄弟三人叫到供桌前，一一躬身作揖，下跪、磕头、起身，反复三次，整个供饭的仪式才正式结束，我们才开始对着一桌子菜大快朵颐起来。

清明节上坟，按我母亲的要求，没有过于特殊的事情，家里所有男丁都得参加。因为我们家族有几十户人家，有些人会在上坟这天找各种理由推托。母亲说"上坟也是一件认祖归宗的事情"，那些散落在山野中的坟茔，不仅仅是一座坟，它还是我们上游的时间、家族的历史，是我们这些活人的来路。不知来路，不明归处，一个人就会迷迷茫茫地在人间晃荡着，像个孤魂野鬼，没有精神归宿。我们族亲的坟墓在贵州和云南境内都有，不过就在那交界上，几十所坟墓并不连片，全部走完需要一天的时间，经常爬坡上坎的，每每上完坟回到家已是满头大汗。母亲说，再累也要去，人生有起（生）有落（死），作为男人要知道自己的祖宗最终归宿，"有儿坟上飘白纸，无儿坟上草树青"，只要坟头上一挂青，别人就知道这家人血脉未断，人丁兴旺。

除此之外，中元节也是我看得极为重要的节日。每年这天，我都会封包烧给逝去的亲人，以此寄托我们的哀思与怀念。小时候父亲教我封包，总是搞不懂称谓，比如"故显考""故祖考""故显妣""故祖妣""故伯考""故叔考""故舅考""故外祖考"等等，关键时候还得母亲告诉我们，据说是我外曾祖母教给她的，几十年过去了，她却一点儿也没有忘记。母亲说，这些包烧了，也不晓得那边是否真能收到，但烧包是活人做给活人看的事，主要是为了言传身教，让子孙后代在这个过程中懂得孝敬老人。

这些年无论置身何方，若能抽身，这三个节日我都会赶回老家去。我和故乡官抵坎的情感就维系在这些节日里了，而这些节日尚能维系我们的关系，就因为那片旷野中睡着我的亲人们——家族的血液流到我这里之前，曾在他们的身上掀起过涟漪。

6

官抵坎多数人的庄稼地离村子都比较远，且不通车路，每逢春耕、秋收农忙时节，无论是背粪去地里做肥料还是从山上把庄稼收回来，每一斤东西都得通过肩挑背磨才能抵达目的地。从家里到地里，轻装行走需要半小时，如果负重一百五十斤左右的话，估计得一个多小时，这样算来，轻装去，负重回，或者负重去，轻装回，一个人每天累得气喘吁吁，其实就只能往返跑四趟。家里七亩地，几十年就是靠父亲和母亲面朝黄土，背负青天，当牛做马扛过来的。生活如此沉重，每天咬紧牙关过日子，却从来没有听到他们说过泄气的话。有时刚从地里背了一趟回来，坐在地上稍息片刻，脸上的汗珠都还在往下滴，随着母亲一句"力气是个怪，今天用了明天在"，又起身背上竹箩跟随父亲去赶第二趟了。母亲矮小、单薄，每次背着一百多斤重物的时候，脖子使劲儿往前拉抻，像是她额前的虚空里，有什么正在使劲把她的头往上提，两根青筋从肉皮里挑出来，似乎随时都有可能被崩断，但她仍然顽强地缓慢行走在田间小路上，如果路旁的蒿草或灌木稍微高一些，就会把她淹没了，这时你若看见了，定会生出竹箩自己在移动的错觉。

我去母享镇读高中后，家里的农活就很少能够帮上忙了。但母亲的内心是高兴的，五个孩子中，她似乎在我身上看到了一丁点儿希望。偶尔我会回家带一些麦子或者洋芋去母享镇，每次都是母亲抢着背去赶车的。我自小羸弱，平时接触农活也不是太多，母亲心疼我，执意要自己背，我实在拗不过，只能跟在她身旁一道儿走着，随时准备给她换下来，但说了几次，她就是不肯，只顾低着头赶路，脸上的汗水流下来，她边走边扯衣角去揩。后来途中遇到家族里一个身强力壮的堂哥时，他主动要帮我母亲背一段路程，母亲却靠在地埂上，长吁一声，不假思索就把背上的重物换给了堂哥来背。那次我由衷地被母爱所感动，这爱隐秘，甚至有点儿自私，可它却藏着一股强烈的力量，让跟在母亲身后的我，悄悄擦干湿润的眼窝。

去母享镇读高中那年，我十五岁，也就是从那时候开始，我每天陪在母亲身边的时间渐渐地就越来越少了。现在想来，一个孩子能和母亲朝夕相处的时间也就十五年。十五年，刚好够一个嗷嗷待哺的婴儿长成一个涉世未深的少年，而这少年已然接近成人，开始有了欲望和野心，这些东西会促使他一次次张开尚未丰满的翅膀，在大地上练习飞翔，而当他某一天真正飞起来了，第一个离开的人，就是他的母亲。

7

对母亲而言，我们就是她的"天空"，无论何时，只要她抬头看看这"天空"，原本已经上岸了，但还是会拖着疲惫的身体再次游到水深火热的生活中去。似乎那天空里，藏着她的太阳——灼热而又明亮，有了这太阳的照耀，大地上这个母亲才不会迷惘，她沿着自己的方向，每日都能焕发出无穷的力量，即使在泥淖中打滚，也能搅出洁白的浪花。她的刚强，就源于她对这片天空连绵不绝的爱意。

可是某一天，她的天空坍塌了，世界突然熄灭之后，我们反而能清晰地看到，黑暗中的母亲，其实是无比脆弱的人，她蜷缩在泪滴中，像胎儿，不敢再接受人世的分娩，这人世的每一粒尘埃，落在她的身上，似乎都有着千钧之重，把她的每根骨头都砸得脆响。四十岁那年，她的长子在四川西昌打工，溺水死了。也就是这一年，我明显感觉到，上帝偷换了我的母亲，在她的肉身里，塞进去另一个脆弱、胆怯、悲情、易怒、忧郁的灵魂。这比白发人送黑发人还要悲惨，四十岁啊，尚未真正进入中年，还没有做好迎接崭新死亡的准备，面对突如其来的生离死别也没有保护自己的经验。她若干次央求父亲或者那些带哥哥出门打工的人，说："你们帮我把他的骨灰找回来吧，他一个孤魂野鬼，找不到家就没有投胎的机会了。"她的泪水在众人的沉默中冲出一条条沟壑，将她包围起来，她在我们中间，越来越像一座孤岛，任何人都难以靠近。那时我们端给她的汤饭，会被她直接扔在地上，嘴里歇斯底里地吼着让我们"滚"。那时她和任何人说话，说不上一分钟，眼泪便会哗啦啦地流，村里许多婶娘都来劝过她，有的心好，耐心地陪着她哭，听她倾诉内心的苦楚，而有的才和她说了几句，便赶紧找理由避开了，每每这时，家里的气氛就会凝结为冰点，每个人甚至都不敢大声呼吸，生怕激起她的愤怒，她甚至有可能会戕害自己。那时我十二岁，懂得心疼她了，总在祈祷时间过得快一点儿，让她尽快走出来，回到正常的生活中去。

如我所想，一段时间后，她变得稍微平静了，总说梦见我哥哥向她呼救，或者变成了一头牛。每次和我父亲上山做农活，看见田野中有牛，她就会盯着那牛仔细辨认，有时还会凑过去抚摸，如果那牛对她表现出亲近，她就会流着泪问牛："你是不是我儿子变的，你受苦了哈，谁叫你不听话，都说了出门的人不要去玩水。"边说边扯草喂牛，生怕那牛吃不饱似的。偶尔她和村里人吵嘴，会跑回家来关起门静静地流泪，她吵输了，那些人都知道她的软肋，吵不过就用我哥哥的死来攻击她——"你有道理？你有道理的话你的儿子就不会冤死为你还债了。"原本母亲还有几分胜算，被人这样一说，立即就变得紧张、胆怯起来，张着嘴不知道要说啥，吞吞吐吐得像个无助的孩子。自从哥哥死去之后，母亲就轻易不会体罚我们了，如果真的做错事情，她会指着我哥哥的遗照哭着教育我们："不听老人言，吹亏在眼前，你看那个短命儿，要是听我的，何至于会落到今天这地步。"哥哥的遗照上落满了灰尘，而我仍能从他的眼神里，看到来自另一个世界的懊悔。一个孩子要死去多久，才能在一个母亲的内心——死干净？

8

衰老夹在时间的皱纹中，押着她赶赴另一个自己，而生活之重似乎从来也没有离开过她那瘦弱的脊梁。孩子们长大了，纷纷离开了她，她和父亲生活在官抵坎，任由岁月冬去春来，总守着那个家，种着那几亩土地。若逢吃斋日，她便会一早赶到邻村庙里，烧香许愿，磕头拜佛。她的祈愿也很简单，就是为孩子们求个平安而已。"平安"只是一个简单的词语，但在母亲心中却有着非同寻常的力量，为了它，母亲可以俯下身，在佛前、神龛下一次次下跪。

后来家里安装了一部电话，隔三岔五，我们兄弟姐妹会轮着给她打电话。每次接电话，母亲都很慌张，话都才起了个头儿，她就想挂了，她担心电话费贵，怕浪费我们的钱。有时电话才响起，她就已经提前想好了要说的话，往往都是那几句，"最近好吗""挺好的""注意身体啊""好的"等。有一次，我给家里打电话，那电话信号不好，母亲问我身体好吗，我回答了几遍她都听不到，但我能听到她和父亲在电话那端说话的声音。那声音里，我能感到两个战战兢兢的老人内心的焦虑（自从哥哥遭遇意外之后，母亲就成了惊弓之鸟，一点儿小事，总会往最坏里去想，经常会把自己吓得翻来覆去睡不着觉）。我连夜给四舅打电话，请她带着手机去我家。直到我和母亲再次通上话了，她才如释重负，转忧为乐，催我赶紧找个女朋友。

姐姐和二哥结婚后，他们把孩子送回官抵坎请母亲帮忙照顾，母亲有些老了，已没有年轻时候的精力，但想起孩子们在大城市里生活压力太大，也就没有拒绝，这让原本已经变得冷清的家里又平添了几分温情。她的这几个孙子，一个个都有我们年轻时候的影子，有时候看见他们围在母亲身边，恍惚是我们又回到了过去，似乎这些年来，我们都还没有长大，时间唯独对付了我的母亲，让她日益萎缩，日益老态凸显，日益皱纹横生，日益两鬓斑白。也是十五年后，孙子们接二连三地离开了她，就像当年的我们长大了，将那离别重演了一遍。两次离别中，人间的剧院人去楼空，只留下母亲苍老的背影，正躬身于舞台上，一点一滴地捡拾时光的残片，孤独而又凄清。

9

父亲病倒以后，开始我们并没有告诉母亲关于父亲的病情，她整天围在父亲身边，喂饭，喂药，悉心照料着，还天真地以为我父亲很快就会好起来的，一辈子的夫妻，生活中难免也有龃龉，但若是谁生病了，对方从来都是关怀备至。我们兄妹几个看着她被蒙在鼓里的样子，实在于心不忍。几天后，我决定告诉她父亲患的是肝癌晚期，纸终归是包不住火的，提前告诉她了，悲痛能有一个缓冲，伤害的力度会有所减弱。那天中午，我和母亲在院子里倒腾杂草，她的眼泪止不住地流，似乎还心存侥幸，几次问我："都说善有善报，你爸一生没有做过恶事，是不是医生诊断错了？"但随着父亲的身体一天天衰败下去，她也只好面对这个现实，只是心有不甘，时常一个人站在竹林那边，嘟嘟囔囔不知道说些什么，我猜测，她一定又是去找菩萨或者我逝世的祖父祖母理论去了，质问他们为啥好人没有好报，为啥没有保佑自己的亲人。

平时母亲恪守善道，对庙中诸神和神龛上的列祖列宗从来都是毕恭毕敬，她活在这世上，经常被命运摆布，总希望通过积德行善，为自己攒起更多的福报，帮她在人间渡过一个个难关。20世纪80年代末至90年代初期，经常有讨饭的人敲开我家的门，又是打快板又是说奉承的话，我们家那时真是自身难保，可不论多少，母亲都会在他们的裉裤里倒进去一两瓢玉米或麦子，她说："伸手容易缩手难，不是走投无路了，没有谁会愿意去乞讨。"有一次，村口大水沟的木桥被冲断了，我看见母亲独自置身水沟里，浑浊的流水咆哮着卷过她的腰身，她吃力地将粗壮的木棒举过头顶，一根一根地重新架在桥上，那时候母亲就告诉我，修桥补路是大功德，多做能为子孙积福。

事实上，母亲还是没有等到她所祈盼的"福报"，又或者这种"福报"已经降临过而我们没有察觉到。父亲蜷缩在床铺上，瘦得像一个问号。母亲陪在他身边，一直开导他说："事已至此，大家都已尽力了，既然这是你的命，我们再怎么挽留也无济于事，你就放心去吧，这辈子跟了你，生是你王家的人，死是你王家的鬼，你走后，我仍然会维护好这个家。"父亲逝世后，母亲依然像从前一样，继续打理着山上的农事。有时候从地里回来，还会自言自语，告诉我新逝的父亲，哪片地里的玉米吐芽了，哪片地里的瓜秧牵藤了等等。我们兄妹几个想把她接去和我们一同生活，但都被她严词拒绝了，为此我们还和她争吵过，而每次吵到激烈之处，她总是指着我父亲的遗照说："你爸尸骨未寒，我就和你们走了，这满屋的灰尘都没个人来打扫。你们再看看这敞坝里的杂草，已把地缝撕开了，只要人一不在家，它们马上就能长进屋里来，这是我和他一辈子的心血，不能就这样毁了。"我们拗不过她，也觉得她说得在理，便不再强求，任由她独自在官抵坎住着。

这么多年，母亲在这个家里，将她的子女们抚养成人，他们离开了她；母亲在这个家里，将她的孙子们抚养成人，他们也离开了她；母亲在这儿追随我父亲一生，最后父亲也撒手人间离她而去，最终剩下她一人了。她坐在空寂的房间里，终日等待、追忆，与四周围过来的荒草对峙。

10

前些年我为稻粱谋，在外奔波，但无论如何，总还是会抽空回到官抵坎看望母亲。所有人都离开母亲后，她在旷日持久的孤独中学会了与自己相处，她轻易不会打我们的电话，但当我们谁说要回去看望她时，她嘴里说着拒绝的话，内心却早已在等着。

想来已是六七年前的事了，我回老家去看望母亲，傍晚到了镇上，被一群发小拦下，大家也好久不见了，不喝顿酒怎么也说不过去。我从来不喜欢拂人之意，加之发小们再三挽留，盛情难却之下应了那晚的酒，心想吃几杯酒再回家，反正不远，从镇上到我家走路也只需二十多分钟。我向来不胜酒力，却又偏偏喜欢豪饮，尤其酒酣之际，总会由着性子肆无忌惮地频频举杯。也不知喝了多久，我跟跟跄跄离席而去，嚷着要回家看望母亲，几个发小劝阻无用后，要开车送我回家，我虽酒醉，但尚有几分清醒，知道夜间酒后开车容易出事，死活不让他们送。后来我独自摇摇晃晃地从镇上走出去，漆黑的山路上，全凭儿时赶集或者上学留下的记忆，深一脚浅一脚地踩着往家赶。行至半道，夜空中竟然雷鸣电闪地下起了大雨，而这时我的酒劲全上来了，加之大雨淋湿了山路，没走上两步，我就会跌跌撞撞地滑倒在泥泞中，然后又借着闪电带来的光亮，泥和泥汤地爬起来继续摸索着往前走，很多次我都觉得自己站不起来了，但一想到母亲还在家里等我，便又挣扎着爬起来，虽然还是会倒下去，但每次站下来和倒下去之间我都又往前蹿了几步，全凭着对母亲的那点儿挂念支撑着偏偏倒倒回了家。刚进家门就倒在沙发上，糊里糊涂地说着酒话。那晚因为打雷，全镇都停电了，母亲在惊遽中点亮油灯，彻头彻尾地把我数落了一顿。此后无论我在哪儿，母亲总是会在晚饭的时候给我打电话，一旦发现我喝酒了，就会枯坐在老家等我，直到确定我是清醒的并且安全到达住处了，才会睡去。这么些年，我在她心中从未长大，仍然是那个不谙世事的少年，需要在母亲的指引下才能步入正途。这让我想起更早些的时候，我在母享读高中，期末趁夜回家，一路上大雪纷飞，走到分水岭的时候，所有道路都消失于雪原之中。我迎着寒风不知道走了多久，终于在垭口上看到山脚下的仁和镇，它的灯火在远处的夜空下撕开一道豁口，而在那豁口中，母亲为了等我，已将时间坐出了一个窟窿。我一鼓作气，在雪原上重新开路，朝着我们镇上的方向疯狂地奔跑。

两次等待，隔着十多年的时间，我似乎一直都没有抵达过家，而母亲似乎也一直都没有等到我，我依然在归途，而她依然在等我。

11

母亲独自生活在官抵坎，我们兄妹几个都不放心，总觉得要是有个伤风感冒的，给她倒杯水的人都没有。所以我们再次重提让她和我们一起生活的想法，这次争吵得很激烈，她最终妥协了，勉强答应了我们去昆明居住。那时我在镇雄县安尔中学教书，仅有一间狭小的宿舍，母亲来了没法儿住，而她的其他子女都在昆明，那儿家人多，她换着地儿待，生活不至于太单调。走的时候，她随便在老家门上挂了一把锁，地里的庄稼也任由它自己生长，只是带上了我父亲的遗照和简单的行李。半个月后，我去昆明开会，顺道去看望母亲，她独自待在我妹妹家里，年轻人都去上班了，她自己人生地不熟的，也不敢到处乱走，所以每天只能看看电视，或者走到窗台边往外张望，有时窝在沙发里打瞌睡，醒来就掰着手指头发呆，或吞吞吐吐地说想回官抵坎了。我看着她实在太孤独了，心一软，又答应她回老家去生活，再怎么说，官抵坎是她生活了几十年的地方，相比之下，她在那儿确实会自在很多。就这样，她带着我父亲的遗照，又回到了官抵坎。

可才过了几个月，有一天我突然接到母亲打来的电话，她在电话那端，痛得嗷嗷直叫，问她怎么了，她也讲不清楚。我请村里的亲戚开着车将她火速送往县里的医院，我也急急忙忙地打着车赶去半道上接她。刚一见面，她就气若游丝地告诉我，她有点儿钱藏着家里的某个地方了，如果自己有个三长两短，让我务必记得去找出来。她头发凌乱，泪水和汗水淌了一脸，整个人在我怀里蜷缩成一团。刚到医院门口，我就急匆匆搀扶着她去了急诊科，她叫苦连天，疼得翻来覆去，我在一旁心急如焚，恨不能分担她的痛苦。足足痛了四个小时后，医生才赶来为她诊断，结果是胃穿孔。第二天，我姐姐妹妹也从昆明赶来镇雄县医院和我一起陪护母亲。护士将她送入手术室的时候，让家属签字，我拿着笔全身战抖，一年前父亲在这个医院住院时，也是我签的字，可后来他历经病痛百般折磨才气绝于人世。目送母亲颤巍巍地走进手术室后，门刚一关，我便情难自已，蹲在走廊上哭起来，隐忍而又哀戚。我那时想，苍天难道真的如此残忍，要在如此短暂的时间里带走我的两个至亲之人吗？所幸的是手术很成功，半个多月以后，母亲就出院了。

在她住院期间，为了让她断了回官抵坎的念想，我和二哥把她喂的鸡和猪全部送给亲戚喂养，把家里的土地全部送给寨邻耕种，我们甚至把家里回风炉的管道取了，找来木板和钉子，把所有的门窗都封钉起来。这回她也觉得需要人照顾，也没有阻挠，抱着我父亲的遗照，默默地坐上二哥的车去往昆明了。几个月后，她的伤口痊愈了，她再次告知我们，她要回官抵坎住，口气极为坚定，大家虽不愿意，但也没有勉强她。如此，生活几番起伏，终又回到了平静之中。

12

2013年，我调进镇雄文化馆工作，并结了婚，两年后儿子出生，为了照顾小家伙，母亲搬到镇雄城里来和我们一起生活。镇雄城离官抵坎有九十公里，她每隔十天半月就回去看看，在官抵坎住上一两天又返回城里来。以前她总担心和我们住在一起，整天无所事事会很无聊，而现在不用担心了，我儿子有大把的时光足够她消磨。母亲毕竟抱大了两代人，那怀抱就像一个窝，躺在里面会感到很安全、舒适。有时妻子抱着儿子，他总是哭，但只要母亲将他接过去，小家伙马上就闭嘴，并且很快就会在母亲的怀里睡着，甚至还发会出匀称而又轻微的鼾声。母亲每天抱着孙子，虽有些辛苦，但心情总是愉悦的，她觉得孙子亲近她，所以她也不再想着要回老家了。三年多以后，儿子上了幼儿园，母亲闲下来了，有一晚她找到我，母子俩敞开心扉聊了很久，她说："大小官抵坎那儿是个家，有我在，你们随时可以回来，我要不在了，你们想回都难了。"听着母亲的一番话，我在想，人生在世，不就图个自在吗？遂当即答应母亲，以后她喜欢在那儿生活，只要舒心，我们不再干涉。现在母亲住在官抵坎。她在房前屋后的院子里，种了些土豆、白菜、辣椒等，有时还会给我们捎来一些。看着那些带着露水和新鲜泥土的蔬菜，我在心底由衷地佩服我这个饱经沧桑的母亲，无论世事晃荡，命运颠簸，生活几多险阻，都被她的坚强、柔韧、慈悲一一化解，并最终还会像土地一样，不计任何回报，呈现给我们朴实、宽厚、沉默的爱。

老房子，兼忆祖父

　　柿叶落光了，树梢上仍挑着几枚金黄的柿子。人们够不着，任其高高在上，变软，熟透，烂掉。三五只鸦鹊在空气中嗅到了一种甜腻的味道，兴致勃勃地飞过去，准备在树顶敛翅享用，刚歇上高枝，那些柿子便在枯枝的断裂中应声而落，在地上摔了个皮开肉绽。鸦鹊们力图挽救自己的美食，纷纷从天而降，中途俯瞰，地上早已乱作一团，迫不得已又飞到别的树上，对着这满地的"金汁玉液"聒噪不止。柿子树下，摆放着一驾马车，有些时日没有使用了，轱辘锈迹，许多鸡蹲在车辕上过夜。每天朝阳刚一冒红，它们便对着东方的山冈引颈而鸣——脖子往前拉抻，周围的羽毛边顺势收拢，一个高音从喉咙里滚出去后，脖子再收回来，颈圈上的羽毛突然蓬松又再次收拢。有的公鸡叫完后，单腿立地，另一只脚却绷直了，伸进撑开的翅膀下挠了挠，忽然转身朝一只母鸡追了过去，那母鸡先是跑了几步以示羞涩，随后便蹲下来，任由公鸡在它背上一阵激灵。鸡们正玩得起劲，啪啪啪地几枚柿子接二连三落下来，砸在鸡群中，吓得它们扑棱着翅膀轰然跳开，惊惶中扭头一看——是柿子，又立即调转"鸡头"，争相围过去啄食起来。尤其是公鸡们在争食的时候，难免都要打斗一番，这是我每天清晨趴在窗台上，最想看到的场景。柿子没了，断了鸦鹊的念想，它们飞去别的地方。而鸡们啄食完柿子后，似乎"饭饱神衰"，一只只跑到灰堆上，用爪子扒出身子大小的灰坑，咯嗒咯嗒叫着，蹲在里面打起了瞌睡。

时间就这样退回到寂静中，祖父的鼾声像一种警报在幽暗的角落里悠然而起。那鼾声穿成串儿似的跑出来，你推我搡，挤成一撮，随后还有一两声像落单了，忽而缥缈远去不多时又骤然跟了上来。那时祖父已年近耄耋，而我还是个垂髫小儿，家里的床铺不够，我总被"安排"和祖父睡在一起，父母美其名曰：热和。有时候，我会被连接两个鼾声之间的那段寂静吓住，总担心某个鼾声过于巨大，卡在祖父的喉咙里出不来。我曾满怀忐忑地把手悄悄伸到祖父鼻孔前，感受是否有气流从里面蹿出来，确定有了，才又放心回到窗边，继续在窗纸的裂缝中，窥视着外面的世界。

祖父生活的房屋，是黏土筑就的草房，一进两间，土墙上刨出几个龛窟，用来存放锅碗或者家里常用的器物。房屋上部是一层竹子编制而成的楼栅，将整个空间分为上下两层。上层用来摆放床铺或者秋收后的粮食。楼栅缝隙大，上下两个空间通风流畅。刚刚收回来的玉米或麦子，水分重，需要烧上几天旺火将其烘干，这样才不至于发霉，存放得更久一些。

有时老鼠从楼栅上跑过，会带落一些玉米楂、灰尘等掉在锅碗瓢盆里。滇东北的农村到处都是这样的民居，它的优势在于建造成本低，只要有地，有一副墙板（木质的模具）和几个木槌，三五个汉子几天便能建起一间土墙房。我们村有很多土墙房，都是我父亲背土盖起来的。这种房子冬暖夏凉，但也容易倒塌。新墙夯实后，需在阳光下暴晒一段时间，直到它缩水，硬化，才开始在倾斜的屋顶上盖麦草。麦草必须层层压实、光滑而又整齐，才能将雨水一滴不漏地引到房檐下。如果筑墙时泥土水分过多，缩水后墙面就会龄开很大的裂口，蜘蛛在里面织网，老鼠在里面造窝，人和动物生活在同一个墙圈里，彼此提防又似乎相安无事。

草房低矮，窗口小，即便屋外天光大亮了，屋内仍然是暗沉沉的。每天都要等到日上三竿，祖父才从床上缓慢而又吃力地蹭起来，他慢吞吞地移到门后，将门闩取下来，我才能跑出去寻找我的小伙伴。祖父戴上旧式军帽，将枕边的衣服一件一件地挪到身上。他从衣服的里层摸出塑料袋，里面是些卷曲的烟叶。他将一片烟叶摊在手中，精心而又细致地将其抹平，再重新卷成柱状形，塞进烟斗里，从床铺下窸窸窣窣地扯出一根麦草，伸进炉洞中引火，然后对着烟嘴吧嗒吧嗒地嘬起来，时而伴随着几声强烈的咳嗽，他整个身体在烟雾的氤氲中因为痉挛而颤抖，像一辆陈旧的手扶拖拉机需要长久的震颤才能启动。而这辆手扶拖拉机离报废的时间越来越短了，甚至随时有可能在颠颠簸簸的行驶中戛然熄火。

在官抵坎，我们这支王姓属于外来人口，从家谱上看最早可以追溯到清道光年间，我的先祖们主要聚居在贵州境内，随着家族的繁衍和迁徙，他们向着云南方向蔓延直至最后尘埃落定于官抵坎。但我总对现有的家谱心存怀疑，原因是道光之前的家族史是一片空白，且谱中出现大量生卒年限不详的人物记载。小时候我也问过父亲，祖父那代人来到官抵坎的原因，他总也语焉不详，估计同样的问题他也问过祖父，而他得到的答案和他给我的估计如出一辙，都是云里雾里，含混不清。倒是母亲心直口快，好几次不无尖刻地说道："你爷爷就是个胆小的人，年轻时候怕被抓去当壮丁，一家人逃荒躲难来到这里。"

据家谱记载，祖父始入云南，落脚于滇黔交界上一个名叫大路垭口的地方。这地方又叫马鬃岭，它位于官抵坎后山梁子上，山高路陡，进可入滇，退可抵黔，常有强盗隐伏于此，杀人越货。小时候我打猪草去过多次，每次被父母知道，他们都会神色慌张地把我叫到一边，警告我不能再上马鬃岭。马鬃岭现在仍然没有人居住，只见到处峭壁飞悬，灌木横生，可以想象数十年前古木参天、浓荫蔽日的马鬃岭上，我的祖父携妻儿老母风餐露宿于这荒郊野地，过着饮毛茹血般的生活，内心是何等的落魄与荒凉。或许，他也曾在某个深夜，顶着满天星斗，彳亍于崖畔上，在明月的清辉中看千山静穆，连绵起伏，巴望着某一天能够回到人群中去。

我曾祖父的坟墓落定在一座名叫尖嘴岩的石山之顶上，

也是滇黔交界上，多年前云贵两省划地界，那界碑就竖在我曾祖父的墓旁。每次清明节上坟，我们都要挥着镰刀，从密不透风的荆棘丛中开出一条路，才能来到曾祖父的墓前。我多次询问过长辈们，为何将人葬在如此险要的地方。他们说当年这一片人迹罕至，曾祖父辞世后无葬身之地，无奈只能向地主家借地，地主家看我祖父为人诚实憨厚，不想借地但又不好拒绝，于是让出这一块在他们眼中看来靠人力根本不能抵达的地方，后来祖父们几兄弟历经千辛万苦，才将曾祖父的棺木抬上山顶。如今我每次经过尖嘴岩，想到的并非是曾祖父死之不易，而是祖父那代人生之艰难。

我是稍大点儿后，才从母亲嘴里了解到一些祖父的事的。在生产队的时候，祖父是村公房里的保管员。秋收之后，她们妯娌几个捡回来遗落在麦田里的穗子，被祖父看见了都会逼着她们交去公房里。"你爷爷是一个忠诚的人，年轻时候帮人做长工，被土匪抓去用枪托毒打，也没有泄露东家的藏身处。"这次我留意到，母亲换了一个词，把对我祖父的评价从"胆小"变为"忠诚"。其实，胆小和忠诚这两个词，对于那些曾经被生活狠狠蹂躏和践踏过的人来说，是可以画上等号的。

20世纪90年代初，父母常年上山务农，把我留下来和祖父一起做家务。我能做的无非就是拿着碎玻璃，陪祖父一起将土豆一枚枚刮皮。我到现在也没搞明白，那年代像官抵坎这样的穷乡僻壤，人们居然活得如此精致，吃个土豆还得刮皮？这是一项极其乏味的工作，刮一桶土豆要花费好几个小时。最开始我们的合作是愉快的，祖父边刮边给我唱歌，不厌其烦地摇头晃脑，他吐字不清，每次我都只能听清楚"孙中山先生"这几个字。时间久了，我觉得听他唱歌就和我刮土豆一样枯燥，便心生溜逃之意。趁其不备，我将碎玻璃一扔，朝着竹林里就是一窜，速度之快，可以超过祖父年迈的目光。每次都是我已跑进竹林了，他才发现，颤巍巍地站起来，朝我身后扔来一把扫帚，真是徒劳，扔出去的扫帚一次都没有打中我，完了他还得摇摇晃晃地去把扫帚捡回。而我竟然还站在离他不远的地方，变换着各种鬼脸不停地挑衅。实在怒不可遏，他就叉着腰骂我"军犯儿"——这是他用来骂我的唯一的话，或许在他心里，触犯军规就是罪大恶极甚至罪该万死。那时我也不知道"军犯儿"是何意。每次他骂完后，总有几滴唾液挂在雪白的髭须上，在阳光的照耀下泛着晶莹剔透的光芒。那时我们已经搬了新家，祖父每天来做了家务后，会在黄昏之前回到我们的老房子——那间黏土筑就的草房里，一个人剜空烟斗，重新装上烟叶吧嗒吧嗒吸起来。夜晚漆黑，他也舍不得点亮油灯，独自对着一炉烧得发红的炭火，将时间如青烟般一丝丝从烟嘴里吸走……

我祖父那代农民生如草芥，逆来顺受。这是命，他们认了，对于生，他们看得很轻，一辈子无论怎么困厄，只要能勉强活下去就行。但说到死，他们却很在意。或许他们相信还有来生，这辈子穷困潦倒也就算了，但来生还是想为自己争取一下，尽可能过上好一点儿的日子，他们把死看成是下一次生的转机。祖父母早就逼着他的三个儿子（原本四个，早夭了一个）为其制备棺材。为此，我父亲兄弟几个还伤了和气，原因是我父亲手短，拿不出钱，平时饭饱尚不可期，哪有余钱买剩米，更何况是棺材这种奢侈的东西。

那棺材最终还是买回来了，摆放在老房子楼栅上。为了防潮，刻意将棺材摆放在我和祖父的床顶正对着的位置，这个位置离炉火近。以前我躺在床上，从楼栅的缝隙里，还能看到房梁上明晃晃的月光。可自从在我头顶搁上棺材后，那里就黑乎乎一团，隔在我和星空之间。

直到几年后的一天，我放学回来，看到许多细碎的光斑，晃荡在祖父的床上。迟疑片刻后我突然醒悟过来，拔腿朝大伯家堂屋冲去，棺材已移往那里，重新刷上了一层漆，油亮亮的，像一团固化的夜色，悬浮在白昼中，那棺椁上映出我瘦小而又扭曲的身影——一块反动的光，想要从黑暗中闯出来。祖父躺在棺材里，这一次，他没有再打鼾，安静得像一片褶皱的烟叶，被卷进时间的烟斗里，等待着成为灰烬。

时维甲戌年八月二十九日，祖父辞世，享年八十三岁。

印象中，自祖父辞世后，老房子就空起来了，每年只是用来堆放秋收后的玉米秸秆或者麦草，又或者雨季猪圈漏雨厉害，父亲把猪牛撵进屋里来躲雨。直到我上大学后，有一次母亲给我来电话，告知老房子被村里小孩玩火烧毁了，只剩下几堵光秃秃的土墙。老家有很多老房子，无论怎么破旧，有人住的时候，那人间烟火味似乎能幻化为一种精神力量，支撑着它矗立在寒风苦雨中。而一旦人去屋空，很快就会颓败直至坍塌，成为废墟。几个月前，我回了一趟官抵坎，特意去看看老房子，里面已长满了绿油油的荨麻和蒿草。而此时我的祖父，已在坟墓中睡去二十多年，他坟头上的杂草，与老房子里面的荨麻和蒿草，有着同等的高度。

只有死过至亲的地方才能称为故乡。感谢老房子，是它用那几堵破墙，结束了我们家几代人居无定所的生活；感谢祖父，是他用自己的死，结束了一个家族的流浪。

外　婆　家

1

闪电劈开暮色的地方，雷声从那里经过，轰隆隆地响着，像天空中有一副石磨，正在碾碎堆积的云朵。雷声过后，紧接着暴雨就从远处的河湾里淋过来，打在田野中的玉米叶子上，唰唰唰地逼近我们，并先于我的外婆抵达房檐下。我和舅舅们已提前将敞坝里面的农具、晾晒在树上的衣物等收回家里，外婆才从矿厂上赶回来，她边擦额头上的雨水，边急切地指着杂草中的一只雏鸡，它可能是太小了，被瓜藤绊住，还来不及回到家里就被大雨困在家门口的菜地里，原本金黄色的毛茸茸的雏鸡，被大雨溅了一身泥，如果不是它瑟瑟发抖时晃动的身影吸引了外婆的目光，一般是很难发现它的。我冒着大雨冲进菜地里，一把将雏鸡攥在手便跑回屋檐下，整个过程不过十多秒而已，身上便已湿透。外婆怕我感冒了，找来舅舅们的衣服让我换上，这时屋外雨水飞溅，已经没有落脚的地方，我们回到屋子里，凭着炉火发出的光亮，摸索着找来锅碗瓢盆等，听到哪里滴答滴答地响，就把锅碗瓢盆递过去安在漏水的地方。这是入夏以来常见的雷阵雨，雨势很大，但持续的时间比较短，不一会儿，寨子回到寂静中，蛙声与蝉鸣从田野间冒出来，夜空如洗，竟然稀稀拉拉地散落着些许星光，离我们很近，似乎就在外婆家背后的山梁上。从外婆家门口望出去，隔着黑压压的玉米林，对面的山腰上是另外一个寨子，那里灯火连缀成片，人语窃窃，狗吠声声，不时掺和着开门或者关门发出的吱嘎声，一切宛在眼前。但是雨后与之前不同的是，溪水到处披挂，从山上倾泻而下，在龙洞沟汇聚成声势浩大的湍流，迎着乱石穿空的河湾奔腾而去。从流水的喧嚣中，尚能辨出瀑布的声响，它从悬崖的高度撑开的落差中急遽下坠，激越的力度带着本身的重量砸进山谷中时，震撼人心。这瀑布所产生的巨响，经过宽阔的田野，并遭到密集的玉米林和各种茂盛的植物一再削弱，传到外婆家时，已然变得连绵而又悠长。夜深时我躺在床上辗转反侧，似乎那流水就在胸前奔涌，那星空就在脑海里闪烁。最后也不知是如何睡去的，只记得清晨睁开眼睛时，阳光已从门缝里钻进来，在地上放大了一道缝隙里的影子，里面尘埃飞舞，缓慢而又宁静，而窗外传来叮叮叮的声音，那是我的外婆，她早就起床，已经在矿山上抡着錾子敲矿了。这是我第一次到外婆家，也是我第一次离开官抵坎，这一年，我十一岁。

2

那时我有个二舅，具体面貌我已记不清楚，人长得瘦小，却有着满脸的络腮胡。二舅是个沉默寡言的人，到我们家来走亲戚，和我父母说话时，也只是问一句答一句，和我们这些小孩儿，更是没有话说，有时候蹿到他面前了，也只是伸手摸一下我们的脑袋瓜子。二舅返回时，我叫嚷着要跟随他去外婆家，也许是觉得我能独自走完这二十里的山路了，母亲想了一下，便应允了。二舅还没从我家里起身，我便已活蹦乱跳地跑到村口上等他了。一路上都是我在前，二舅在后，期间也没有什么交流，只是有时走错了路，二舅会在身后喊一声，我又趑回来，等二舅在岔路上带头走几步，才又急匆匆跑到下一个路口等他。二舅走路很轻，像一片树叶，被风卷着，贴一下路面，又被旋走，总之，他似乎和大地没有摩擦，刚一沾上，马上又脱落了。

外婆家与我家其实就隔着一座大山，这座大山名叫分水岭，山的这面是我们的仁和镇官抵坎，山的那边是外婆家的堰塘乡新场村。据我父亲讲起，分水岭以前是原始森林，随处可见两三个人合抱粗的大树，也是各路强盗神出鬼没的地方，但是在"大跃进"的时候，整个森林都被砍伐炼钢了，加之后来仁和镇和堰塘乡到处兴建硫黄厂，酸雨腐蚀严重，分水岭上早已寸草不生，取而代之的是浓烟滚滚的烟囱耸入云霄，还有一排排破败的锅炉房。在那个炎热的夏天，尤其刚过响午，火辣辣的太阳暴晒在无边的荒漠中，在满山遍野的炉渣堆上发出刺目的光芒。有时会从某间荒废已久的厂房里，突然冲出一只龇牙咧嘴的恶狗，伸着长长的舌头，哈喇子直流，它恶狠狠地对着我们，但在二舅弯腰捡石头时，它会瞬间拔腿，一溜烟躲进某堆炉渣后，徒留一团空气在原地颠簸着。

也不知道走了多久，太阳都快落山了，我们翻越了分水岭，一直往下来到了一条大沟边，我二舅俯身伸着脖子在水洼里咕噜咕噜猛喝了几口，然后捧水洗了一把脸，一边用衬衫擦去脸上的水渍，一边严肃地看着疲惫不堪的我说："喝点儿水吧，再走两个小时就到了。"听他这么一说，我腿一软，几乎瘫在地上。后来才知道二舅是故意吓我的，这地方就叫龙洞沟，沟对面那几间低矮残破的茅草房，就是我的外婆家。不过我第一次经过龙洞沟的时候，尚未下雨，从高处往下看，沟内怪石嶙峋，流水淙淙，向着另一处更大的河谷逶迤而去。

这是我和二舅共同走过的唯一一段路，我对他所有的印象都在这段路上，似乎他只是把我送到外婆家，之后便消失了，几天都没见着他一面，又或者是他也曾出现过，只因为太过于沉默而被我忽视了。直到两年后的某个夜晚，我听见母亲在黑夜中号啕大哭——有人捎信到官抵坎，告知我二舅上吊死了。那晚我母亲怀着无限的悲痛，在父亲的陪同下，连夜赶回外婆家，一起处理二舅的丧事。

这便是我的二舅，他曾带着我翻越分水岭，后来他独自翻越人世时，滑落在时间的底部。

3

　　我们穿过弯曲的峡谷，两面的峭壁上到处都是洞穴，有燕子从里面飞出来又飞进去，粪便落在崖面上，泛着斑斑点点的苍白。偶尔遇见熟人，小舅朝他打了个招呼，声音稍微大点儿，便有回声在山谷中回荡着。沿着石坎往山谷的低处走去，不多时，地势变得敞亮而又开阔，隐约还能听到人们嬉闹的声音。紧接着，我们激动得喊了起来，一条清波荡漾的河流出现在眼前。那是我第二次见到河流，也不知道它从哪儿来，将会流到哪儿去。这应该就是新场村的乐园了，全村的大人孩子都在这儿，有的在河滩上打水漂石，有的在河里凫水，有的躺在背阴的地方睡觉，有的刚从水里爬上岸，光着腚在裸露的巨石上晒太阳，而最让人惊叹的是有个少年，竟然爬上悬崖，突然腾空而起，跃入河水中，半天不见人影儿，正在有人开始为他着急时，却又见其举着一把泥沙从浪花底下钻出来。我不会游泳，只能站在齐腰的浅水里，用脚试探着河床上的沙粒，这算是我对河流的第一次触摸，而它的流水如此清澈和缓慢，像是在善待一个远处来的孩子。

　　多年以后，我长大了，知道这条流经外婆家门口的河流，正是赤水河的支流。某次我在它的下游喝酒，凭着酒劲纵身跳入河水中，这一次，它用漩涡迎接我，当岸上的人们都以为我死定了的时候，一个浪涛又将我冲上浅滩来，我想，这算是河水对我的一次警告吧。

我最后一次沿着幽深的山谷，独自抵达当年的河边，那条河流仍然清澈见底，囫囵照着一个悲伤的人——那是六年前的事，那是我外婆逝世的日子。

4

天快亮了，炉火正旺，三个人围坐在一起，明晃晃的火光将他们的脸庞烤得通红。那人讲起最近侦查的一桩案子："嫌犯整天在街上游荡，有人怀疑他的精神病是装出来的。第一次见到他，我就给他递了一支烟，没等我掏出火柴，他已将整支烟塞进嘴里嚼碎了吞下。"我的父亲母亲聚精会神地听他用外地方言讲起许多新鲜的事情，心底里已对他的人生奇遇佩服得五体投地。这个神秘男子来到我们家，他说和我母亲同姓，很快便获得了我父母的认可，母亲让我们喊他"舅舅"。"舅舅"会很多江湖术士的奇招，比如他给人随便把脉，就能猜出对方膝下有几个孩子且精确到几男几女之类的，此举被我父亲惊为天人。他每次来顶多歇上一宿或者待上几个小时便会匆匆离开。最后一次见到他，那天我大清早去上学，月亮还亮汪汪地挂在天上，院子里铺了一层薄霜。"舅舅"从月光里走来，带着一身寒气。他推开我们家的门时，其他人都还在睡觉，听我一喊"舅舅来了"，都从床上骨碌爬起来。"舅舅"喜欢听我母亲讲述外婆家那边的事情，一副飘荡多年的游子终于找到了亲人的样子，他几乎对我母亲家族的历史甚至是每个人的脾性等都在刨根问底。或许，他是为了以下这个案子。

数月前，在新场村，"丽芬舅舅"夜里起床上茅厕，看见窗外火光晃荡，便擎着亮杆出门去探个究竟，看见大团黑乎乎的东西正趴在炼石灰的窑子里噼里啪啦地燃烧着，"丽芬舅舅"睡眼惺忪，似乎是那火焰中有什么引起了她的注意。她使劲揉了揉眼睛，遽然在沉寂的夜空下发出撕心裂肺的尖叫。这尖叫声点亮了周围的灯盏，寨子里的人迅速围拢过来，赶忙找来棍子，在那窑子里慌里慌张地扒拉着，一旁的"丽芬舅舅"早已瘫倒在地，双手插进凌乱的头发里，嘴大大地张着，惊慌的眼里却没有一滴眼泪。原来窑子里燃烧的是他父亲——我的大舅公。大舅公显然是被谋杀了，犯罪分子想通过焚尸毁灭罪证。最后是二舅公——大舅公的弟弟亲自将大舅公身上的火扑灭了，并抱来一捆麦草将他盖上。接下来就是当地警方隔三岔五地上门来盘问。这案子一直拖着，凶手自案发当晚逃遁于黑夜中，从此销声匿迹。那个神秘的"舅舅"来我们家后，母亲向他讲述过这个案子，他听后没有表现得很吃惊。他猜测大舅公一介农民，死在自家门口，多半是仇杀，并且可能就是寨子里的熟人所为。

"舅舅"离开我家几个月了，这案子就宣布告破。

二舅公一家被警察带走了，人们惊诧之余都在叹息。在农村因为争地、争房子等事情，亲兄弟反目成仇的例子很多，但是痛下杀手的并不多见。后来据母亲说，亲自给二舅公铐上手铐的人就是之前来过我们家几次的"舅舅"。我从小到大都没有见过二舅公，倒是母亲不少提起他。十多年后二舅公就刑满释放了，母亲说他在监狱里待习惯了，被养得白白胖胖的，一点儿也不像农民，要是没进去，估计比现在还要显得苍老。

"舅舅"再也没有出现过。

那事之后，在离我家十多里地的仁和镇某村，有人盗墓，夜里睡觉时常有"鬼"在周围叫唤，并不时有沙粒从窗外投进来，这人每天心神不宁，终于憋不住了，就把这个秘密告诉他的妻子。没想到话一说完，房梁上就跳下来一个人，此人平时在周围给人打零工，这次他在昏暗的灯光下亮出警察的证件时，盗墓贼规规矩矩束手就擒。有人来我家串门，讲起这件事情，我的父母神秘兮兮地相视一笑，什么也没说，但又似乎什么都知道。

这是我去外婆家之前就发生的事情，到了外婆家后，我总是在山间游走，到处都有烧石灰的窑子，每次看见，我都会绕着它走，似乎里面就趴着一个大舅公。

5

来新场村没几天，我就开始想家了。每天沿着来时的路，最远只能走到龙洞沟，生怕走远了无法返回，就站在龙洞桥上，盯着桥下的流水发呆。而我身后，是一座小庙，里面的菩萨脖子上挂着红布条儿，像迷路的孩子，天天在流水的喧嚣中等着人为它指路。

龙洞沟周围的山上，草木从沟边长到山顶，山腰上有几户苗族人家，和周围的人甚少来往，鸡鸭猪狗歇息在丛林里，没有什么栅栏，它们却不会主动下山来。偶尔我会看见外婆的身影从桥下经过，据说每个月的农历十九，她都会来庙里烧香，也无具体所求，她说烧点儿香人活起来清净点。我的外婆在岁月的流逝中，体形一再被时间改小，那时我在想，如果她继续老下去，会不会缩成泥丸那么大，若真如此，那外婆就不会再用脚走路了，她得让自己的身体在路上滚动着，直到最后碎成一把散沙，被风刮进草木葳蕤的旷野里。外婆瘦弱、矮小，甚至有些佝偻，为了方便干活，她一年四季都在身上罩着一件灰色的围腰布，围腰布上缝了个很大的布兜，平时她从田间回来，那布兜里总是塞满了荆豆、小瓜或者海椒之类的，一家人每天的汤菜要从那里获得。外婆每天都是家里第一个起床的，伴着山顶上落下来的晨曦，在硫黄厂上她将一堆堆坚硬的汞矿砸碎，一撮箕一撮箕地抬着倒进炉房里。但是无论怎样的劳苦，也没有让她变得麻木，就像龙洞桥下的流水，阻碍越大，反而能激起更大的浪花。

直到现在，我还能清晰地记得外婆说的那句话，"烧点儿香人活起来清净点"。"清净"是佛教语，意指"远离恶行与烦恼"。农村人啊，苦点儿累点儿没啥，身体上的疲惫在长年累月的劳苦中早就成为一种习惯，唯愿在这红尘中，心灵能有安放之处。庙里烧的香缥缈而去，香灰一次次落下来，覆盖了人们跪拜时额头叩击到的地方，可外婆的祈愿最终并没有换得神灵的关照——多年以后，因为突发脑溢血，外婆瘫痪在床，身上肉皮多处均被捂烂，足足遭受了两年不堪的折磨，才含泪撒手人世。记得办理完外婆的丧事后，我随即返回镇雄城，车过龙洞沟时，我看见寂寞的桥上人影空无，小庙像一个楔子，正在从两座大山之间掰出一条沟来，那是一条巨大的沟，或许，我们今生都无法跨越。

6

现在想来，我的启蒙阅读就是从外婆家开始的。到新场村几天后，周围的景物已经不能再吸引我了，每天待在家里，无所事事。正在这时，我在外婆家的窗台上发现了一堆小人书，因为小人书都是以画为主，所以很快就被我跑马观花地翻完了。为了打发时间，我开始在外婆家屋里四处翻找，还真在小舅的枕头下找到了几本长篇小说，记忆深刻的有《霍元甲》《童林传》《薛仁贵征东》《窦尔敦传奇》等，自此我便每天起早贪黑，沉浸在各种小说跌宕起伏的故事情节中，有时候甚至到了废寝忘食的地步。那时记性好，每本小说看完之后，不但能清清楚楚地复述故事情节，就连章回小说每个章节的标题都能一字不漏地背出来。每晚熄灯后，躺在床上，小说里的人物还不停地从脑海里蹦出来。读《霍元甲》时，有感于霍东觉小小年纪，就在胡同里遭遇追杀，紧张得眼泪都快流下来；读到《童林传》里诡计多端的张方用计使他父亲掉入粪坑里而捧腹大笑；读《窦尔敦传奇》，经常感到浑身热血涌动，似乎自己就是一个绿林好汉；读到《薛仁贵征东》里，程咬金挥着板斧从万军之中杀出一条血路时，激动得手舞足蹈……我的外公不识字，也不知道书籍对一个小孩的影响能够达到如此忘情的程度，便在我全神贯注地阅读时，横空里伸出手来在我额头上摸一下，即便确定了我没有发烧他还是会满面疑惑地盯着我看个不停。

有个黄昏，我正在痴痴地看书，忽然听到有人在叫我，抬头一看，父亲笑嘻嘻地站在我面前——他来接我回家了。想回家的时候天天盼着父亲来接，可当他真站在我面前，心里又觉得舍不得离开这个地方了，《薛仁贵征东》还没有看完，但父亲太忙，又不可能留下来等我。那天晚上，我翻来覆去，一时之间也找不到好的办法，无奈天亮之后，脑子一热，趁我小舅不注意，便将那砖头般厚的《薛仁贵征东》塞进裤腰里，使劲儿将衣服拉下去遮住，并提前跑到龙洞沟等我父亲。

穿过龙洞桥，便进入幽静的山谷中。我怕书掉出来，一直紧张地用双手捂住腹部，父亲看我走路的姿势有点儿别扭，问我是不是不舒服，我一个劲儿地摇头。当我正兴高采烈地给父亲讲起外婆家这边的事情时，隐约听到有个声音在叫唤，我们回头一看，山谷中却又空无一人，再走几步，那声音越发变得清晰，这次我们看到了，在那些乱石之间，有个身影正在火急火燎地向我们追赶上来，当他快要接近我们的时候，我一下子愣住了，脑子里瞬间一片空白——我的小舅追上来了。他不由分说地拉开我的衣服，从我的裤腰里扯出来那本《薛仁贵征东》，边扯边气愤地说："小小年纪就偷书，以后那牢房里就差你一个了。"小舅把书拿在手里后，我父亲才明白过来，看得出来他很羞愧，但又不知如何是好，站在一旁不停地给我小舅道歉。小舅拿着书转身走后，我和父亲曾一度陷入沉默中，半晌他才教训我说："无论如何，偷东西都是不好的行为。"我没有接话，只是跟着他上上下下，在山谷中深一脚浅一脚地走着。

从外婆家返回后，一直到我初中毕业，我几乎得了阅读饥饿症，凡是看见谁有武侠小说，想方设法都会借来如饥似渴地通读。我用那些从小说里读来的故事，成功地将许多同学或者村里的小伙伴笼络在身边。

去年，在昭通城里，朋友约了一帮喜好文学的人吃饭，其间我们谈起阅读，我讲起这件事情，并说起当年的那些长篇小说，有个人突然兴奋地站起来，他是我外婆家的邻居，和我小舅岁数差不多大，他说那些小说全是他的，还说我小舅借书从来不还。为此，我端起酒敬了他一大杯。是啊，我真得感谢他，感谢我的小舅，感谢在外婆家的那些时日，如果没有这些机缘与巧合，我不一定会爱上阅读，如果没有阅读，这二十多年，我又该如何穿越人生的山谷？

哥　哥

初春的清晨，寒星寥落，半轮明月挂在浩瀚的夜空里。月色笼罩下的官抵坎寂静无声，零零落落的窗口上，有气无力地摇曳着几盏灯火，若不是因为燃烧过于疼痛，它们似乎都不想交出体内的光芒。窗外的薄霜从田野中延伸到远处的山峦上，唯有村里的小路在月色的熹微中袒露着若有似无的暗影，沿着这条路一直走，就能走出云南，去往贵州，坐上开往远方的班车。就是在这样的早晨，哥哥离开了我们。睡梦中，有人在油灯下窃窃私语，窸窸窣窣地整理衣物。我翻了个身，迷迷糊糊地看了他们一眼，又蒙头睡去，隐约听到有人说："出门人切忌玩水哈。"这是父亲的声音，他希望哥哥外出打工，以此改变我们的生活窘状，但对外面的世界又心存担忧，直到哥哥临走了，父亲还是不放心，恨不得一次性将自己毕生经验都传授给他。20世纪90年代初期，改革开放的春风吹遍了祖国的大江南北，很多农村年轻人唱着齐秦的歌："在很久很久以前／你离开我／去远空翱翔／外面的世界很精彩／外面的世界很无奈……"渴望到远方去闯荡一番，有人甚至发誓要出人头地，"要么开飞机回来，要么被担架抬回来"。哥哥走出家门后，其他人都去送他了，我才从床上爬起来，年少不知离别愁，独自站在敞坝里，仰望着即将泛白的天空，心想着长大后也要去山外的世界闯一闯。

哥哥离家那年二十岁，我十二岁。

哥哥和村里其他年轻人不太一样。比如他写得一手好字，春节还会写对联贴在墙上，红纸黑字，上联是："有志者，事竟成；破釜沉舟，百二秦关终属楚。"下联是："苦心人，天不负；卧薪尝胆，三千越甲可吞吴。"这是哥哥最喜欢的对联，他走后，我长期霸占着他的笔记本，开篇第一页上，他用钢笔工工整整地誊抄下来的就是这副对联。或许，哥哥的出走和它的激励也有关系吧，一个少年的心里，曾经翻江倒海，说不定也有着别人不可知晓的野心。哥哥喜欢唱歌，印象中第一个为我们歌唱的人就是他，很多电视剧的插曲和片尾曲，他围着炉火唱给我们听了很久后，村里才开始流行起来。哥哥性格开朗，备受女孩青睐，五年级就有姑娘争着喜欢，好像她们还为此打过架。那时候农村教育落后，五年级的学生大多十七八岁了。哥哥人缘很好，每逢农忙季节，他会带着几个年轻力壮的同学去山上帮我父母干活。记得有年大年初一，哥哥和他的同学赶在全村人醒来之前，已去村外挑水回来了。我们那儿有个风俗，认为新年水井里面的第一桶水是最珍贵的，预示着新的一年有好兆头。我父亲用这水揉面团给我们包汤圆，由于这水被大家说得神乎其神，那次的汤圆我吃起来觉得格外香甜。

三十年前的官抵坎，梯田从我家门口由高到低，逐层延伸进贵州境内的湾子里。一亩水紧挨着一亩水，在阳光下，因风起皱，涟漪一圈圈荡漾开来，泛着潋滟波光。田埂上，到处矗立着稻草人，它们终日挥舞着衣袖，像是在送别，又像是在召唤，而事实上，在那样封闭的小山村，在那些杂草丛生的小路上，常年无人离去，也无人归来。我跟着哥哥去耕田，牛拉着犁耙，他站在耙上，不时挥舞着手中的鞭子，身后的浑水卷起灰白的浪花，耙齿翻起旧的稻茬和新的淤泥，也掀出了许多水蛭、螺蛳、黄鳝和泥鳅。水蛭会吸血，我们用石头将其砸成数段，每一段都在扭动着，彼此挨得很近，但却无论如何也找不着对方。黄鳝和泥鳅，我们用瓶子装着带回家，挖一个小泥塘，将它们喂养在里面。而螺蛳可以烤来吃，将它们的壳敲碎后，里面会有一小坨乳白色的肉渣，嚼起来感觉绵密而柔软。那时候觉得哥哥无所不能，有他参与的事情往往都会给我们带来意外的收获与惊喜。

有一次，哥哥从集镇上回来，刚进家门就被我父母厉声怒骂。原因是村里的几个年轻人伙同他，在街上将一个外乡镇的人痛打了一顿，那天正好赶集，人多，他们打人的消息不胫而走，很快就传遍了七村八寨。我父母从来都是谨小慎微的人，面对哥哥如此轰动的行为，紧张得如临大敌。而哥哥这次在面对父母的指责时，并没有像以前那样低头认错，他把头转向一侧，似乎心有不服。后来我们知道了他们打架这事，是为村里的一个姐姐打抱不平——她去外乡镇走亲戚，路上被流氓调戏了。赶巧那天在街上，这位姐姐在人群中认出了那个流氓，她把这事告诉了村里的几个年轻人，都是些血气方刚的家伙啊，只要给点火星就能立即爆炸的那一类，算那家伙倒霉吧。直到这时我们才发现，哥哥长大了，他已经不再是那个黄昏中扛着犁耙赶牛回家的少年。

1994年初，几个外地人来到我们村，对我的长辈们谎称，他们在四川有一个很大的集团，不久的将来会发展壮大，现在如果能加入他们，一旦成为正式成员，到时候将会根据加入集团的时间和对集团的忠心程度论功行赏。农村人本分，没有见过世面，这给许多游手好闲的江湖浪荡之人带来了行骗的机会。这几个外地人的伎俩破绽百出，但在当时没有人怀疑。为了让大家死心塌地跟着他们，这几个外地人竟然吹嘘峨眉山上的神灵和他们也是一伙的。我们村没有人去过峨眉山，但是大家都知道峨眉山，我们那儿的人相信峨眉山上有真神。因为每次有和尚到村里化缘，都说自己是峨眉山上来的。久而久之，峨眉山就成为村里人心中不可亵渎的神山，一提那儿，似乎就是神的旨意，没有人敢去反抗或者质疑。几个外地人答应我伯父带上我哥哥去四川打工的时候，我父亲对他们感恩戴德，每次那些人来家里，好几个月舍不得吃一口的腊肉都会拿出来招待他们。是的，可以说我父母愚昧无知，但在没有任何上升渠道的穷乡僻壤里，谁随便扔出一句谎言都会被大伙当成希望的火种并小心翼翼地呵护着。现在来看,这伙人真是丧尽天良,他们通过这样的方式到农村寻找廉价的劳动力,给他们洗脑,让他们拿着微薄的薪资,心甘情愿地在工地上当牛做马。私底下几个外地人却和包工头暗中勾结,分割他们精心布局后获得的不义之财,一部分人真的就这样富起来了,在他们的良心坏掉之后。

哥哥才去四川不久,我们就收到他的来信,一家人如获至宝,母亲不识字,忙不迭地让父亲念给她听,父亲激动得手有些抖,信上是我最为熟悉的哥哥的字迹,工整而又秀丽。我们姐弟几个也屏气凝神地偎在父亲身旁,从那些滚烫的文字中感受着哥哥的思乡念亲之情,他还在信中提及,让我好好念书,不要担心学费。连同信件寄来的,还有一张哥哥的照片,那是黄昏中的西昌,哥哥穿着那件从家里带去的旧式警衫,背靠着刻有"月亮城"三字的巨型浮雕。对于从未出过远门的我们,看到哥哥所在的地方有如此壮丽的景观,深信不疑地认为他在大城市里是幸福的。

几个月后,与哥哥一起出门的人们回来过一趟,其中包括我的伯父和几个堂哥。村里很多人都挤在伯父家,从他们口中打听外面的世界。伯父告诉我的父亲,说我哥哥工作表现很好,"上面"很器重他,让他留下来看管工地上的物资了。随后伯父递给我父亲一封哥哥写来的信。父亲像是获得了表彰,兴高采烈地跑回家,将哥哥的信念给母亲和我们听。我觉得哥哥的这封信写得真没劲,大意就是这次不能回家,向家人表示抱歉之类的，内容空洞，没有具体的事件。最让我不能接受的是哥哥竟然字迹潦草，错字连篇，难道他忙得连坐下来给我们认真写一封信的时间也没有了吗？后来哥哥的来信甚至越来越少，偶尔收到一封，也都是一些陈词滥调，而且字迹还每次都不一样。

有个早晨，邻居三伯神色紧张地来我家把父亲叫出去，告诉了父亲一个石破天惊的消息，他说自己外出行医时，听人传闻我哥哥已死在四川西昌。父亲回来时，脸色暗沉，扒了几口饭就去干农活了。不知道邻居三伯的话他是不信还是不敢信，或许父亲认为，我哥哥是伯父他们带出去的，伯父是自己的亲哥，他都没说，那这肯定就是谣言。但父亲能做的，就是瞒着母亲，将邻居三伯告诉他的话闷在心里，他在等哥哥的信，只要收到哥哥的信，他认为一切谣言将不攻自破。

可是，父亲没有等到哥哥的信。

那是1994年冬天的某个下午，落日斜照在田野中，给官抵坎涂上一层凄红的色彩。我在山上玩了一天，刚进家门，看见母亲倒在床上撕心裂肺地哭，她的身子蜷缩成一团，像锡箔纸在烈火中焚烧，她翻来覆去地哭，像波涛在海面上翻滚，她把自己扭碎了，成为痛苦的一部分。家里有几个婶娘陪在她身边，你一言我一语，泪眼婆娑地安慰着已经崩溃了的母亲，她们所有人早就知道了哥哥离世的消息了，除了父亲选择不信，我们家其他人都被蒙在鼓里。唉，还有比白发人送黑发人更大的悲伤吗？有，那就是这个黑发人已走远，白发人却不知要在哪儿为其送终。母亲边哭边叫唤哥哥的名字，我很快就明白了，脑子里轰的一声，随之眼前一黑，整个人差点儿栽倒。我从家里冲出来，边哭边朝着竹林边跑去，路上遇到刚刚赶集回来的二哥，他从我口中得知哥哥的事情后，和我倒在竹林边的草地上饮泣成声，两个人都觉得太痛恨了，但又不知道痛恨什么，只是一味地哭着使劲扯地上的草。不多会儿，父亲追了过来，他让我们不要哭了，说了几句，觉得自己的劝慰毫无力量，也坐在草地上一言不发，任凭眼泪哗哗哗地流。

　　此后数月，母亲低头便是泪水。有段时间甚至变得神经兮兮的，晚上经常失眠，梦见什么都觉得那是我哥哥在给她托梦。有次梦见牛，第二天上山干活，看见田间地角有牛，就跑过去一把一把地往它嘴里塞草。那几年她都轻易不敢去赶集，最怕有人问及哥哥的事情。而偏偏就有人在她情绪最不稳定的时候和她争吵，甚至将我哥哥的死归罪到她身上，指桑骂槐地说这是报应。哥哥的离去带给母亲的伤害，无论是肉体还是心灵，都已经达到了极限。它让我觉得，一个死过儿子的年轻母亲，不可能再遇到真正的死亡了，包括她自己的。那年大年三十晚上，母亲烧了几个菜，按照本地习俗，开饭前要摆上三汤三饭，焚香、烧纸，先祭拜祖宗。她几乎是以恳求的口吻颤抖着祈求道："祖宗神灵，我儿子走错路了，是他自己选的，怪不得谁，只是去了那边，孤魂野鬼，连个照应都没有，今天多给你们烧点儿纸，如遇着他了帮我照看一下。"那是我们一家吃得最艰难的一顿饭，似乎每粒米中都藏着刀子。母亲一声不响地吃，眼泪流进嘴里，也不揩，和着饭一起嚼了吞下去。

挨近我家贵州境内的沙坝村有个人工鱼塘，有次我去那里洗澡，回来后被母亲抓着不问由来一顿暴打，桑树枝抽在我身上，一根断掉又换一根。我跪在地上咬紧牙一声不吭，而她疯狂地打个不停，直到打累了，看着全身血痕的我，才又失声痛哭起来，指着哥哥的遗像骂："走的时候亲自叮嘱过，不要去玩水，那个短命儿就是没有听进去。"我抬头看着哥哥的遗像，那是一张从他的小学毕业证上剪下来的照片，后来被我们放大了，作为遗照挂在门头上。他浓眉，单眼皮，头发微卷，穿着那件旧式警衫，不苟言笑，目光死死地盯着地上的我，似乎有着深深的悔意。我一直不敢询问哥哥的死因，像不敢揭开伤疤，怕看见里面还有新鲜的血液在翻滚。后来母亲情绪稳定后，才告诉我："我已经失去你哥哥，不能再失去你们兄妹任何一个。他去年（1994年）七月半（中元节），在西昌伙同老乡去洗澡，溺死在一个泥塘里。"

哥哥死去几个月后我们才知道这一噩耗的。伯父和几个同乡想要瞒住这一切，甚至冒充我哥哥写信回家，最终纸还是没有包住火，哥哥一个大活人被他们从村里带走，现在连骨灰都找不到一把。我父母要是真追问下去，有些人是逃脱不了干系的，这或许是伯父他们最害怕的事情，比如当初外地人来了是和谁联系的、是谁撺掇我哥哥出门的、是谁提议去洗澡的、火化前是谁代表家属签字的、骨灰去哪儿了、工地有没有赔偿，等等。母亲多次想去找这些人理论，但因为其中牵连到伯父和堂哥，好几次冲出门都被我祖母和父亲拦下了。他们的理由是："人都死了，再折腾下去也没有什么意义。"但当年父亲为何没有去找回哥哥的骨灰呢？我想其中必有胆怯、懦弱，无法面对甚至是因贫穷而带来的心有余而力不足等因素吧。

这事一直持续到2012年我父亲去世，入土前夕，母亲提议，让端公顺带着为我哥哥招魂。端公用一截木头代替他，葬在父亲的旁边，似乎是一个客死他乡的人，想要获得魂兮归来的机会，需要另一个至亲的人死去才能将他带回。两年前，我们不太死心，打电话去西昌殡仪馆询问有没有二十四年前溺水而死的名叫"王忠"的骨灰。对方认真核查后说没有。我们问起当年和哥哥一同去洗澡的同乡，他也说时间太久，很多东西回忆不起来，不过当年工地老板给了一笔安葬费，除去打捞费和火化费后，剩下的钱仅够哥哥的骨灰在殡仪馆存放三年。那三年之后，殡仪馆里那些无人缴费的骨灰，它们将被如何处理？或许会是当土灰一样扔了吧。

就这样，我对"孤魂野鬼"这个词语有了更为深刻的理解。经常闭上眼睛，脑海里会出现阴森的画面：在空旷无边的野外，大雾弥漫，有个游魂到处在飘荡，他想回到自己的归属地，但找不到返回的路。这几乎成为我内心的一种隐痛，它如此噬心，曾一度折磨着我。为此，哥哥逝世十五年后，我在镇雄县安尔村一间逼仄的危房里，写下《寻魂》这首诗歌：

阿铁　男　二十岁

　一九九四年农历七月十四日

于四川西昌打工

溺水而死　十多年来

魂散远方　尸骨未还

离开故乡时

身着的确良短袖

旧牛仔裤　破解放鞋

身高170厘米　面黄肌瘦

尖下巴　爱笑　操镇雄方言

但凡死去的亲朋好友

请在阴曹地府帮忙寻找

若遇之　望转告

他的母亲

现在老了

　天下之大，竟无哥哥葬身之处，那我就在这首诗中安放一方小坟，以此收留他飘荡已久的灵魂。

人生七年

1

我要去安尔，但我不知道它在哪儿。一个迷惘的人，要去一个陌生的地方，开始一段新的生活，此去前路未卜，但眼下这一脚，我必须踩下去。我在人头攒动的大街上，逢人便问："去安尔从哪儿上车？""安尔？"很少有人知道这个名字，在他们一次次的摇头或者摆手后，我背着行李，继续穿梭在人群中，继续打听自己的去向。偶尔有人听说过"安尔"，若有所思，但也不是很确定，有的说从东站乘车，有的说从西站乘车，有的说从环城路滑坡那个地方……我只能从这些打听到的消息中，挨个去寻找，就像陷落密道的人，正在岩壁上到处摸索。我是一个刚刚通过特岗教师招聘考试的毕业生，要去安尔中学任教。选岗那天，数百人对应着待选的岗位，按照考试分数从高到低的顺序选岗，我报考的是初中语文，考了第三名，很快就轮到我选岗了，我却显得犹豫不决，因为那些岗位所在的地方，我从没有听说过。2006年，就业形势严峻，特岗教师招聘拿出来招考的岗位均在全县最偏僻的地方。忽然身边有个声音传来，"选安尔吧，离城比较近"——排在我后面的人们在催促我赶紧选。鬼使神差地，我真就对着教育局的工作人员说："安尔。"话音刚落，周围一片哗然，他们认为我的选择和我的名次不匹配，我有机会选到更好的地方去。我虽是镇雄人，但对镇雄县却很陌生。在举目无亲的城里游荡了半天，才找到汽车客运东站。在车辆密集的车站里，我在那些中巴车上到处寻找"安尔"的字样，可一辆车也没有找到。后来我跑去售票处询问，被告知去安尔的客流量小，没有中巴车，只有两辆面包车，也不是很准时，还经常停运。接着工作人员指向车站外一处混乱不堪的荒地，告诉我说："去安尔的车不在站里，都停在那边，不过这个点肯定没车了。"我顺着他指的方向走过去，只见几十辆面包车灰头土脸地麇集在一起，车身上布满了斑斑点点的泥污，一看就知道是从乡下来的，跑过最烂的泥泞路。站在熙来攘往的街头，我感到忧伤起来，安尔到底是个什么样的地方，我要去那儿工作了，可能还会是一辈子。记得选岗结束那天晚上，我告诉父亲选在安尔，他听说过这个地方——当年村里有个堂哥跑三轮车，送客人下乡，结果路上出了车祸，就死在这儿。在电话中，我似乎看到了父亲那张凝重的脸，他知道这不是什么好地方，但还是鼓励我说："去吧，在哪里都是为了这张嘴，太阳晒不着，雨淋不着，能教书已经很好了。"

那是夏末炎热的午后，面包车内狭小，加之人员超载，一个个发烫的肉体挤在一起，像一截截架在火堆上的木柴正释放着热浪。每个人身上的毛孔原本都是安静的，可现在被这车内的燥热一烘，汗滴便在那毛孔里苏醒过来，它们在那些细小的毛孔里翻了个身，纷纷攒着劲儿，在皮肤上拱开一个个出口，这使得大家身上的痒点此起彼伏，往往要从别人的腰下勉强拔出自己的手臂，费了很大的劲儿才能将手反腕伸到背脊痒点上潦草地挠上几下，不多时那汗渍混合着微尘形成的腌臜很快便填满整个指甲缝儿。这热火朝天的生活已经开始向我涌来，我知道，从此以后，一切都得我独自去面对。

　　面包车才出城便驶上山道，后轮扬起的尘埃在车后形成一阵浓密的尘雾，偶尔有摩托车从中穿出来，在侧面超过我们，弹起几粒砂石噼里啪啦地打在挡风玻璃上。那面包车经过一些坑洼时，车身突然颠簸起来，车内的尘埃再次被腾起，随着我们的呼吸被吹开或者吸进鼻腔里。山道两边的植物蔫败着，叶片上敷着的陈年灰尘将一些枝干压得更低，它们垂向路边，让原本狭窄弯曲的山路变得更加细小，真担心这样的路，会不会跑着跑着就从某个地儿断开了。

　　面包车嘶吼着翻过了几座山后，在一个集镇上减慢了速度，许多赶集的人晃荡在车前，司机不耐烦地摁着喇叭，前面的人回头斜睨，脸上露出不屑的神情，有的慢吞吞地让开，有的甚至装作没有听见，司机压着嗓子，咒骂着这些"狗娘养的"。才走了几步，又有对头车开过来了，彼此小心翼翼地修正着方向，在错车时隔着车窗问："今天拉了几个？""十个。"话音未落，面包车又往前挪了几米，把对方羡慕的目光甩在车后方。面包车走走停停之间，我看着满街杂乱无章的摊位边，人们摩肩接踵地行走在街上，有的寒暄，有的砍价，有的打情骂俏……街边房屋低矮，灰不溜秋地开着各种铺面，有个满身油污的男人正从灶台上抱起一甑子饭，雾气瞬间从锅里冒出来，将他汗涔涔的上半身淹没在小馆子的屋檐下。我问司机："这是安尔吗？"司机说："不是，这是场坝，安尔还要跑一小时。"我意识到"选安尔吧，离城比较近"可能是句谎话，或者是与其他岗位比相对而言"离城比较近"。知道这儿不是安尔后，我反而松了口气，甚至心生一种莫名其妙的庆幸。一个在城市里读了几年书的年轻人，突然回到这种穷乡僻壤里，回想自己这么多年的努力，到头来却只能来到这种地方，心中难免还是会泛起些许的失落与不甘。

面包车沿着河边的山路突突突地行驶，穿过一个个山坳或寨子，不时还会停下来，有人不停地上车或下车。每穿过一个山坳，我都会寄希望于下一个山坳，或许穿过它后，安尔就会豁然出现在我眼前了，想必，这地方有初级中学，应该不会太差吧。感觉时间过得真慢，我心里默数着这些山坳，想象着安尔的样子，这一路上不是河谷，就是高山，到哪里去找这样一块开阔的地方来安放这个村庄呢？似乎再走下去，我们就会走到悬崖上了。

122

2

不知什么时候，可能是因为奔波带来的疲乏，我竟然睡着了。

迷迷糊糊中，随着一声急刹，车内外的灰尘再次腾起，我感到身子向前倾轧，随即又向后沉沉地倒在座位上。"安尔到了。"司机冷冷地说。经过三个小时的颠簸后，一车人被挤得变了形状，狼狈不堪地从车里钻出来，这时我才四下张望，打量这个陌生的地方——恍惚置身于绝境中，此生从未有过的悲凉之感从骨子里氤氲开来，现实的真实击碎了内心抱有的那点儿幻想，象牙塔坍塌了，我此刻就站在它的废墟上。安尔原本是一个乡，撤乡并镇后，属于素有镇雄"小西藏"之称的以古镇。两排灰扑扑的低矮房屋夹着一条凹凸不平的街道，突兀地挂在山腰上。看得出来这街道以前也曾硬化过，可能因为时间久了或者遭遇大型载重车辆（安尔有煤矿）的长期碾压，许多地方的水泥已被碾成碎块，与坑洼中的泥土混在一起，部分路段有积水，其中垫了几块石头供行人通过。因为不是赶集的日子，街上人影寥寥，几条狗趴在街边懒洋洋地翻了翻眼睛，偶尔有风穿过街道，吹起几个塑料袋翩翩然飞舞在空中。我绕过街口苍蝇乱飞的垃圾堆，逮了个学生模样的孩子问："安尔中学在哪儿？"她怯生生地领我走出街道，穿过一条泥土路，路的右侧有几栋颓败的楼房，那就是安尔中学，就是我此行的终点，漫漫余生，或许我将在此度过。这学校只有一栋三层教学楼，早已破败不堪，墙面到处脱落，绽出斑驳的石头墙体，屋顶上的水泥板长时间被雨水冲刷，已经风蚀，一些锈迹的钢筋裸露在外，教学楼上的窗子黑乎乎的，窗玻璃多已缺失或者破裂。旁边有一栋两层楼的平房，那是以前的办公楼，现在变成教师宿舍，也是同样的颓败。我在二楼上见到了一位瘦高个儿的青年男子，戴着眼镜，他就是校长。那时我很瘦小，才毕业不久，穿得还像个学生。校长听说我是新来报到的老师，扶了一下挂在鼻尖上的眼镜，看了看我，似乎不太相信。他说新学期许多老师都调走了，但尚未搬离学校，所以暂时没有宿舍，让我自己想办法克服一段时间。唉，我一个外地人，来到了这个举目无亲的地方，怎么想办法呢？原以为报到后就能安顿下来，没想到连个落脚点都没有，学校那会儿给我的感觉是冷漠的，别说欢迎了，就连一个"寄人篱下"的机会都没有。

我背着大包小包的行李，独自置身黄昏里，不知道该去哪儿。满眼的荒芜中，有一片青绿的草坡从操场上蔓延到山边，或许是我需要一个僻静的地方来思考一些问题吧，不知不觉间，我竟然已坐在那山边上了。看着山脚下空荡荡的河谷，它正敞开自己，一束流水从中穿过，向着我刚刚来的方向逶迤而去，我在纠结，想要离开这个地方，但街上已经没有返城的车了。我掏出手机，想给朋友倾诉我此时的遭遇，可翻开手机后，却发现没有信号，无奈，只好苦笑着起身，朝安尔街上走去。

　　我先是沿街往返找了两遍，始终没有找到"旅馆""旅社"等的灯箱或字样。于是看见谁家铺面开着，我就进去打听，终于有人吞吞吐吐地说："我家倒是……有空床，但……也说不上什么旅社之类的。"我激动地说："可以租给我住吗？多少钱一晚你尽管说？"那人说："不嫌弃的话你就住吧，钱你随便给。"总算是找到落脚的地方了。我跟随他穿过两间屋子，经过巷道、堂屋，隐约能闻到空气中飘荡着一股霉味。他窸窸窣窣在墙上摸索着，啪嗒一声，黑暗中绽出一颗暗黄的灯，那灯光根本就没法照明，只是将先前的黑暗稀释了一点儿而已，大约还是能看见里面有两张床铺的轮廓，他说随便我睡哪一张，然后转身离开。他也看不清，打了三下火机，前两下都打空了，第三下才打着，他借着那光亮，趿拉着鞋子沙沙沙地擦着地面走出去。天气还有些闷热，我把上衣脱了，赤裸着呆坐在床沿上。狭小的房间，黑暗的时刻，沮丧而又孤独的心情，此时此景，特别想找个人聊聊，可我翻开手机看了几次，仍然未有丝毫信号，无奈只能自我安慰，"睡吧，一觉醒来天就亮了"。我刱图往床上一躺，哪知这床许久没人睡过了，满床都是沙粒，或许还有老鼠屎等，刚躺下去，感觉太硌人，立即又坐起来，伸手去将汗水粘在后背上的沙粒一颗一颗地拂去。我摸索着将自己带来的行李打开，在床上铺了一层新的垫单，再次倒下，逼迫自己睡去，因为只有睡着了，这段煎熬的时间才会像被剪掉一样快速跳过。

这是我第一次单独夜宿异地，不知睡了多久，半夜翻了个身，黑暗中看见对面床上，一粒火星儿支棱在床头，吓得我立即惊坐起来。可能我的反应过于强烈，对面床上才发出一个声音："不好意思，影响你睡觉了。"我这才搞清楚，对面床上不知道啥时候睡上来一个人，他深深吸了一口烟，那烟头燃出一团微光，刚好能烘托出他的脸，那是一张硕大而又油腻的脸，伴着那团微光在黑暗中时隐时现。之后我们聊了几句，得知他是一名警察，来安尔处理案子——安尔挨近贵州赫章，那边有人跑过来偷木料，被当地村民打死了，尸体还搁在山上。他也来几天了，白天晚上处理案子，太累了，所以找到这儿来休息一下。在聊天的过程中，我告诉他，天亮后我可能就要走了，安尔这地方我待不下去。他以过来人的口吻劝慰我，他说习惯了什么地方都一样，他刚参加工作的时候，和我一样大，也是二十四岁，经常单独去很多偏僻落后的地方出警，有时一去就是大半年，置身异地，无依无靠，也感到过绝望和孤独，不过最终都挺过来了。我本来还想听他聊几句，可烟熄灭后，他就鼾声滚滚。心里想着他刚刚说的这番话，我再次睡着了。

　　天亮后，对面床铺上的警察已经离开，墙洞里照进来一束明晃晃的光，这光里，尘埃自由而又安静地飞舞着。由此，我在其中获得了一些启示，这大千世界，我不也是一粒尘埃吗？即便身陷窘境，只要能做好自己，总有一天，命运之光照临，会有人看见我的精彩。

3

一个星期后，我搬到学校去了。宿舍是楼梯下的杂货间，大约十五平方米，里面有大量的灰尘、蜘蛛网、破鞋、锈铁、调料瓶、破衣柜等，这是一间极其简陋的屋子，很久没有人进去过了，我要把它打理成宿舍，首先得将屋里没用的东西统统扔掉，把空间腾出来，再想办法布置。有些初中学生看我和他们差不多大，我在楼下一招手，他们就笑嘻嘻地跑来帮我打扫。一帮学生七手八脚地，很快就把屋子收拾干净了，我拿着棍子将墙壁上即将剥落的石灰层捅掉，再用报纸将四面的墙糊起来。既然在这个地方工作，就得有一个安稳的容身之处，虽然陈旧破败，可勉强也能住，校长承诺了，如果下半年有更好的宿舍空出来，我就可以搬进去。我的宿舍里没有灯，暂时用蜡烛；锁坏了，先买一把挂锁；没有地方放书，用课桌代替；没饭吃就在街上的小馆子里先应付几顿。我的宿舍收拾好以后，老鼠们似乎还不知道，在屋后的檐沟里追逐时，还会从窗缝里钻进来，可刚露头，发现有烛光，吓得赶紧趸回去，你推我搡地拥挤着叽叽喳喳翻滚进檐沟里，而我也懒得去管它们，每晚点着蜡烛读各种各样的书。

手机还是没有信号，据说是信号塔坏了或是停电之类的原因导致的。偶尔围着操场或草坡闲逛，手机会在某处蹿出两格信号来，我激动得僵直了身子，小心翼翼地把手机支在空中，翻出家人或者同学的电话径直拨过去，虽然声音断断续续的，但也算是在这个封闭的小山村找到一条抵达外面的路，通过它询问着家人或朋友的近况，有些心酸，大家也都懂得报喜不报忧。那时我像很多心高气傲的年轻人一样，总觉得自己"上可九天揽月，下可五洋捉鳖"，可当真和生活迎面相碰，却又被撞得鼻青脸肿。我心里有所不屈，源于我对生活的不甘，但又没有能力改变现状，想起之前那个警察说过的话，"习惯了在哪儿都一样"，我开始去面对，领受，甚至承接命运该有的所有沉重。退一步想，便能发现安尔的很多优点，这个地方有山有河，有街道，有直达镇雄城的车，有几十位教师，数百名学生，相比之下，我的很多同学应该很羡慕我了，他们在更偏远的地方，有的甚至在一师一校点。

学校没有英语老师，第一次走上讲台，校领导便安排我上初二两个班级的英语课。我说我学中文的，英语已经丢了好几年了，可校领导说："年轻人脑袋瓜好使，现学现教也比许多老教师来得快。"真是初生牛犊不怕虎，也不知道教学奖惩之类的，我接了两个班的英语，每天上课前认真背单词，备课，就这样，我在乡村教师这条路上起跑了，这一跑就是七年。人一旦学会和生活相处，日子就会顺畅许多，这似乎就是很多人说的——磨去棱角的过程，生活崎岖不平，需要适合它的形状，人才能更好地嵌入。

第一个周五晚上，看书累了，我想去外面散步，出门后才发现整个学校早已人去楼空，远山、河流、学校以及周围的人家全部消失在伸手不见五指的黑夜中，不远处的操场上，风吹着红旗噼啪作响，教学楼上传来呜呜呜的回声，像有若干鬼魅在那些门窗上穿梭或翻越。为了淹没我，似乎全世界的寂静与漆黑都围拢过来了，被我宿舍里那一盏烛光抵挡在窗外。那一瞬，我的孤独犹如黑夜般深邃，幸好还有去安尔时带去的一百多本书籍陪伴我，这样，即便站在漫无边际的黑夜中，也还有在它的尽头刨出星光的希望。后来我才知道，这学校的老师，除了一两个是本地人外，多数都住在镇雄城里，每个周五放学后，他们全都骑着摩托车回家了，到了周日才返校上课。几个星期后，我和几个同事混得稍微熟了，每逢周末，便会搭着他们的摩托进城去，但到了城里，又不知道去哪儿，索性就泡在酒吧或者网吧里。

4

安尔曾是一个乡镇，撤乡并镇后，被划为镇雄县以古镇的一个行政村。安尔地处镇雄西半县，是镇雄最西边的村子，我的老家官抵坎属于镇雄东半县，是镇雄最东边的村子。在镇雄，西半县的教育远远落后于东半县，而安尔的教育又是西半县比较落后的。从几次"普九"工作的开展中可以得知，安尔有高中及大专以上文凭者，寥寥可数。这地方和贵州赫章县接壤，百姓多朴实，但整体素质不高，平时民风彪悍，交往中若有龃龉发生，动辄喜欢以武力解决问题。在这样的大环境下，安尔的家长或学生也会不同程度地受到一些影响。

有次我收到信息，班里有几个男生与其他班级的学生发生冲突，他们约好晚自习之后械斗，我立即向校长反映了这一情况，并通知学生家长。校长带着我和几位老师连夜赶到学生们的住处，那时学生只能租住在学校周围的人家。刚一进门，我就大吼一声："谁要打架？"几个摩拳擦掌的学生立即站起来，看见是我，赶忙低头认错，唯有一个街上的学生坐在床上，下意识地用手摁了一下枕头，犟着脸与我争论，我一把抓着他的衣领将其从床上揪下来，出于好奇我掀开那枕头看，下面竟然藏着一把雪亮亮的长刀。我把刀拿在手里，给他讲解械斗产生的恶果以及将会触犯到的法律。正在这时，他爸爸赶到了，二话不说抬腿就是一脚，将其踢倒在旁边的煤堆里，我立即上前制止，他爸爸看到我手中拿着刀，往后一退，拉开架势准备和我过招，他爸爸误会了，以为我是和他儿子打架的学生。这时校长赶忙向他介绍说我是学校的老师，他这才收起脸上的愤怒，连连给我道歉。那时的我，头发稍长，穿得像个学生，甚至是像个坏学生，因此产生过不少的误会。还有一次，我从城里返校，在车上遇到了我的学生，他给我让座，邻座有个女人扯了扯他的衣服，示意他不要让，那学生瞬间羞红了脸，惭愧地说："妈，这是我们老师。"他妈一听我是老师，蒙着脸笑得前俯后仰："对不起，对不起，老师你长得太像学生了。"

我曾经想做一个温和、包容、人人喜爱的老师。但教了几个月后，我发现这条路行不通，很多学生经常在课堂上捣乱、迟到、早退或以各种理由逃学，有几个性格软弱的老师常被学生搞得焦头烂额，连正常的教学秩序都难以维持，总是红着眼圈告学校告家长但都无济于事，时间稍久，教学成绩提不上去，名声在周围越传越糟。在他们身上，我总结出，若要获得安尔人的尊重，必须要有好的教学成绩，但要取得好的教学成绩，首要任务必定是树立教师威严，治理班级纪律。其实安尔不乏聪明好学的学生，他们更需要良好的学习环境，如果他们能通过学习走出安尔，撑起的不仅仅是一个家庭，我必须要保护好这部分学生。基于这种考虑，此后我便成为很多学生心目中的"魔头"，一旦违反纪律，轻则罚跑步、做下蹲，重则竹条"伺候"，我也知道这样极有可能惹祸上身，但我已经做了最坏的打算，与其做一个臭名远扬的老师，不如卷铺盖走人。其间，有社会上游手好闲的人对我进行挑衅，有家长追上门来与我理论，有学生给我写过"战书"，也有人在黑夜中对我扔过石头，但我从不退缩。实际上没过多久，我的课堂便井然有序，有时候自习课，我躲在窗外看学生，整个教室里也都是鸦雀无声。我可能不是一位好的老师，但对待教育的那份真诚，我无愧于心。经过老师们多年的努力，不懈的教诲，安尔的教育变得越来越好，每年都有很多学生考上县内县外的重点高中，有些后来走上了各种各样的工作岗位，偶尔在路上遇见我，脸上还会露出学生时代的羞涩。即便现在，提起安尔，我的脑海中仍然还会浮现出这样的画面：我站在清晨的操场上，看着对面的山顶上有几粒微光在移动，开始我以为是星光，但随着天慢慢亮起来，才发现那是住在山顶上的学生们正赶来学校读书。我会一直看着他们从一粒粒微光走成一些小小的人形，然后随着距离越来越近慢慢被放大，最后转身走进教室，为了御寒，全班学生拼命地大声朗读。这事虽是发生在冬天，可每每想起，却总能给予我温暖。

5

每年期末考试，以古镇中心校都会让全镇的教师异地监考，有一年，我被派往黑塘村监考。黑塘村是以古镇最偏远的小山村，地处花山乡与以古镇的交界上，路途遥远，崎岖而又坎坷，且经常会因为山体滑坡、泥石流等自然因素阻断交通，里面的人要出来，或外面的人要进去，多数时候都只能选择步行或者骑马，摩托车偶尔也能通过。黑塘小学只有一、二年级，全校有两个公办教师、两个代课教师，以及三十多个学生。我先是搭同事的摩托车到了以古镇，再从镇上请人骑摩托车将我载到岩洞脚村，这一路颠簸着，有时摩托车还会打滑、翻倒，甚至跌进路中间的泥坑里，骑车的人轰着一挡的马力，后轮下不停地飞溅出数米远的泥浆，反复很多次才能从那些坑洼中挣扎出来，摇摇晃晃地驶到平缓的路面上。从安尔去黑塘村，很是费工夫，光是之前这段路，就得花费两个多小时，到了岩洞脚村后，我与另外两位老师会合，他俩来自别的村，也是去黑塘村监考。从岩洞脚到黑塘村，只能步行，其中有位监考老师去过，他带着我们走。

从岩洞脚村出发前，黑塘那边的老师跑去山顶上找到手机信号，给我们打来电话，希望能买几斤大米背过去，他说学校里只有腊肉和蔬菜。同行者老魏说，此行山高路远，又背着试卷，大米就不买了，有肉有菜就已经很好。那时太阳已经偏西，将我们三人的影子摁在周围的草丛里，而那些荒草摇曳在风中，抖擞着似乎想从地上蹿起来，将我们的影子扶正，重新再压进身体里。一路上爬坡上坎，跨沟越壑，才出一片草坡，又入一片森林，越走光线越暗淡，越走觉得离这个世界就越远。不时有斑鸠或者猫头鹰的叫声在森林中回荡着，似乎在诱惑我们走向它们早已布下的陷阱。突然老魏脚底一滑，连同一堆砂石，哗啦啦地滚进山沟里，原本死一般的寂静忽然被撕开，从里面噼里啪啦地飞出去几只青鸟。我们赶紧把老魏扶起来，他拍拍身上的泥土后，三个人继续穿梭在林中，无论怎么大声说话，都像是在窃窃私语，无论怎么大步向前，都像是在原地踏步，那无边的黢黯正在一寸寸地收走野路上的微光，将我们慢慢卷进它的深渊里。这时老魏似乎有些担忧，他建议我们跑起来，尽快从林中冲出去，原因是除了试卷之外，老魏身上还带着几万块的现金，那是以古镇中心校划拨给黑塘小学每个学生的生活补贴。这林子太深，要是有人躲在里面埋伏我们，杀人抢钱也是神不知鬼不觉的事，曾有黑塘的老百姓路过这林中就多次被抢劫。

　　冲出森林后，天光明亮起来，世界似乎被拓宽了些，我们拨开满山的荒草，来到了山顶上，在一棵五人合抱粗的大树下大口大口地喘气、歇息。那棵树被当地人称为"神树"，枝条上到处挂着红色的布条儿，树的根部还有香火祭祀的痕迹。她那巨大的树冠，投下大片的树荫，无论南来北往的人经过这儿，或避雨，或乘凉，都能获得她的馈赠。我对这神树也有着难以言说的敬畏，总觉得她的树冠像怀抱，它长年累月地撑开，就是为了收留我们这些失魂落魄地从林中跑出来的人。坐在树下，我们的内心越来越踏实，身上的汗渍也慢慢被晾干。夕阳西下，秋月东升，对面那座山上，炊烟如柱，人声狗吠清晰宛在耳际，老魏说，那就是黑塘。听他这一说，我立马就疲意消退，像卸下了千斤重担，整个人很快就满血复活了。老魏说，黑塘村虽然就在眼前，但是走起来至少还要一个小时，天晚不宜赶路，他认识一位以前在黑塘小学代课的教师，住在神树周围的村子里，今晚就去他家借宿，明早赶在考试之前将试卷准时送达学校。

　　找到那个代课教师家时，天已黑尽。吃过晚饭，在代课老师的安排下，我们三人就在他家最好的房间里睡觉，所谓最好，就是有棉絮被子，可这被子好久没有人睡过了，又霉又潮，盖在身上，重得像一座山丘。这是一间狭小的平房，隔壁就是马圈，平房和马圈之间，有一个门框，但没有门，平时就用两根木棒交叉着将马拦在马圈里，我们进去睡觉的时候，那马将头伸进我们的房间里，东张西望地，可能是有些饿了。夜静山空，流水在我们身下的山谷中回响着，我躺在床上，却难以入眠，而老魏和另一名监考老师刚一躺下就鼾声四起。半夜时分，我总觉得有个黑影在老魏的枕边晃动着，并发出窸窸窣窣的声音，我有些害怕，但还是壮起胆子将手机的屏光照过去，这一照让我震惊，立即紧张地大喊起来："老魏，马啃你的钱包了！"瞬间，老魏犹如遭遇电击般从床上弹起来，反手一把将包从马的嘴里扯下来，那包里装着老魏此行带来的几万块钱，幸好被我及时发现了，否则要是被马拖进马圈里，后果不堪设想。后来，我们都不敢睡去，只能躺在床上，眼睁睁地等待着拂晓的到来。

从代课老师家赶往黑塘，原本是有路的，也许很久没有人走了，也便没有了路。我们循着黑塘村的方向，从埂子上往下跳，或侧着身穿过悬崖，弯弯拐拐地下到河谷里。那河里的水，清波激荡，白浪翻滚，没有一滴水珠为了我们的到来稍作停留，这人间似乎和它们无关，它们来了，就是为了流逝，它们去了，就是为了再一次流逝，或许所谓的河，就是流水与流水之间的距离，这距离既有空间的远也有时间的长。站在谷底，仰望山顶，蓊蓊郁郁之中，间或传来几声鸡鸣，黑塘村就隐没在那里。为了准时开考，我们匆匆在河里掬水洗了脸，循着鸡鸣之处火速前进。行至半山腰时，一阵大雨突然从天而降，我们边往山顶上跑，边佝偻着腰，把试卷藏在怀里，那雨水沿着发梢、脖子淌到胸口上，有着透心的凉。幸好路旁有一间破败的空房，它深陷在荒草中，我们跑进去避雨。这房子是以前黑塘的老村公所，黑魆魆地耸立在山腰上，它要倒了，满屋的杂草似乎已经提前感觉到，正在憋着劲从窗口和门缝里往外长。不到半刻钟，雨就停了，那山路因为雨水的冲洗变得泥泞不堪，每往山上登两步就会向下滑一步。离考试的时间越来越近，这样我们更需要加快速度了，因此需要付出的体力比平时多了几倍，每喘一口气感觉身体就会瘫下去一些，疲惫也从各个关节延深到心里。

功夫不负有心人，我们终于抵达黑塘小学了，并在规定的时间里准时开考。黑塘小学是一栋两层楼水泥房，中间层是用楼板铺就的，一楼是教室，二楼是教师宿舍或者做饭的地方。那楼板有些地方已经豁开碗口大的洞，站在一楼的教室里，可以看见二楼的天花板，有时人从上面经过，会抖落许多灰尘。显然孩子们早已习惯了头顶发出的声音，安安静静地坐在教室里答题，倒是我在他们中间走走停停，不时要抬头往上看是谁的脚刚从头顶经过。在监考的过程中，忽然有瓢水从那洞里泼下来，还混合着一些煤灰，刚好淋在我的肩膀上，我本来有些愤懑，但看着面前这些孩子正在全神贯注地答题，再想想他们生活的地方，也便释然了。这时楼上传来一个声音，那声音里充满了歉意："王老师，实在对不起，刚在洗菜，水不小心溢出来了。"我没有说话，只是通过那个洞口，仰着头给了他一个笑脸。

吃中午饭的时候到了，果然没有一粒米饭，只有腊肉、土豆、白菜等，混着煮了一锅。为了接待我们，黑塘的老师开了几瓶啤酒——当地村民用马驮上山来卖的，很珍贵，开瓶时小心翼翼的，都不敢使劲摇荡。啤酒配着这样的菜连续吃了三顿，太咸了，根本没有胃口，感觉心里空落落的。实在忍不住了，老魏带我们去学校附近一户人家蹭饭。刚一进门，那家人立马就认出老魏是发生活补贴的老师，很是热情，捡了鸡蛋要煎给我们下酒，对农村来说，这是招待客人最好的东西，但我们想吃的是饭——苞谷饭、大米饭，或荞麦饭等。我们拒绝了他家的好意，纷纷说刚刚吃过，说完又有点儿后悔。关键时候还是老魏点子多，在我们佯装起身的时候，老魏觍着脸揭开他家甑子一看，故作吃惊状，大声惊呼："啊，蒸荞麦饭啊，那要吃点儿再走。"也就这样，我们吃到了两天来最香的一顿饭。

离开黑塘，一路上山高水低，有的地方，小路就挂在悬崖上，需要贴着崖壁才能通过。想起那些孩子，他们刚刚结束了一场考试，穿过了人生最小的悬崖，试卷上歪歪扭扭的字，怎样才能从更多的绝壁上刨出一条条天梯，供他们攀缘着爬到更好的生活里去。相比之下，安尔虽处江湖之远，或许已是很多人心中的理想国，而我身居"国"中，却时有叛逃之心，真是枉自上天好生之德，辜负了这片弹丸之地对我的收留与接纳。此后我便将安尔从 "流放地"变成安身立命的地方，用这片土地上的晨风与夜露驯养着躁动的心灵，一天天地，我像一个农民，翻耕生命的土壤，在身体里打理荒秽，试着让自己变成一块花木扶疏的田园。

6

阅读与写作一直在救赎我。

对于偌大的世界来说，安尔就是一间斗室，而我像一个燃灯之人，在暗淡的光辉里擦拭旧书上的汉字，我在与它们一个个地相认，以便在卷帙浩繁的文本中去找到血型、温度、性情等都与我匹配的汉字，我要用这些汉字，重塑一个"我"，他带着我的情感和经历，以及穿透这斗室的冥思翻越山外青山，汇入时间的汪洋，与大千世界融在一起。如此一来，我的偏居一隅给了我更多安静的时光，从而让我置身喧嚣之外，因此获得了一个窥视红尘的最佳角度。

有两年我的时间几乎昼夜颠倒，白天上课、睡觉，一到夜里，整个人就像打了鸡血一样，身上的每个细胞都在高速运动，看书、写作、看电影、听歌，有时精力充沛到需要在宿舍里锻炼身体，以此让自己变得劳累，从中找到困倦而眠的可能。我后来搬到宿舍二楼去住了，楼下是一户教师家属。由于我经常半夜三更做饭，弄得锅碗瓢盆叮当作响，或者在宿舍里做俯卧撑、鲤鱼打挺等，楼下那户人家总被这些声音吓醒，时间越久心里越瘆得慌，最后他家竟然做出了"闹鬼"的猜测，不知去哪儿求来一道符令贴在门槛上，可没过多久，这户人家还是搬走了，原因是屋里的"鬼"积怨太深，符令镇不住。这件事情早在同事们中间传开了，可我却从未听说。那时他们喜欢打麻将，偶尔从校外回来，看着漆黑的夜空下，总是有一盏孤灯明目张胆地亮着，出于好奇，有人路过我窗口时，轻轻叫了一声我的名字，原本以为我已经睡了，只是忘记关灯而已，没想到我却打开窗户，立即就答应了。几个同事马上醒悟过来，伴随着一阵大笑后，黑夜里横空飞来一句话："原来你就是那个鬼啊！"

语言旋涡搅出的力量，将我吸往它的深渊中。带去安尔的一百多本书两年间就读完了，为了满足阅读欲望，我经常搭载同事的摩托车去城里买书。我的阅读重心开始偏向诗歌，恨不能将中国所有的现当代诗歌都读完，而诗歌这种边缘的艺术，读的人少，买的人更少，书店里甚至都不会有诗集卖。有一次在镇雄新华书店，我问店员："有没有海子的书？"她不假思索地回答："有。"真是喜出望外啊，终于可以买到我想要的书了，顺着她指的方向走过去，呃，我算是明白了——不会有的，那是一排儿童读物。我要的是诗人海子的诗集，不是孩子的书。后来有个朋友骑车带我到贵州毕节城里去买书，离安尔往返两百多公里，为了买到北岛、顾城、海子等人的诗集，一路上我俩吃尽了苦头，镇雄到毕节到处都在修路，很多地方摩托车根本无法通行，去的时候，我们绕着路走，实在绕不过了，两个人只好推着摩托车，翻山越岭，中午就出发了，到了毕节，满城华灯初上。当晚我俩就迫不及待地逛了书店，买了很多书。第二天清早，不敢原路返回，只能先从毕节骑车到赫章县，再从赫章县转入镇雄。在经过毕节与赫章之间的一个村子时，有人突然冲到公路上抢劫，劈头一镰刀就向着我俩砍下来，幸好车速够快才得以避开，回到安尔几天了，想起这事，仍然心有余悸。为了买书，我俩差点儿把命都搭进去。

语言的深渊里有越陷越深的黑暗，而写作就是为了在里面摸索到重启光明的按钮。早在2003年，我在师专读书期间，便已尝试过现代诗歌写作，不过那时还不懂得"修辞立其诚"，只是停留在简单的文字堆砌和青春期无病呻吟的宣泄上。到了安尔，个人际遇中空间上的无限压缩与时间里的无望将我赶往语言的道路上，我对现代诗歌的专注与痴迷，让我深感这门招魂的技艺对于心灵的召唤，它将一个六神无主的人已经走远的部分重新激活。我在本子上写下很多分行文字，并在每个周末进城去，泡在网吧里，把它们挂到博客上，这样我就有了和外界交流的机会。世界正在拓荒，并在它的边沿上，透射进来一些微弱的光芒。我似乎看见了自己的孤独，原来早已白骨森森。渐渐地，学校有了网络，我也买了一台二手笔记本，在各种博客和诗歌网站上开始了漫无边际的网游。2010年某个深夜，我听着汪峰的歌，一气呵成，写下了《晚安，镇雄》，这首诗的开头受到诗人食指的影响，节奏受到崔健和汪峰的影响。我向来喜欢摇滚，尤其酷爱崔健的歌，比如《红旗下的蛋》《新长征路上的摇滚》《一块红布》《一无所有》等。《晚安，镇雄》在形式上稍显粗糙，但诗中特有的批判和迷惘气质在我那段时间的写作中算得上一个典型。也就是在同一间宿舍里，那两年，我还写下过近百首诗歌，其中一部分，曾为我的写作带来过出人意料的荣光。我以诗人的形象出现在读者面前，就是从安尔开始的，因此，安尔在我的个人写作史上，有着不可取代的位置和意义。

7

偶尔有朋友来安尔看我，为了尽地主之谊，我会亲自去河里摸鱼，或者到村民家中买土鸡，沽上几斤苞谷酒，再约上几个同事，就能组成一个觥筹交错的饭局。山里的老师，也都是一条船上的人，很快就能混得熟稔起来，酒到酣畅之处，总要分个"南北"派，划上几拳，直喝到面红耳赤，跟跟跄跄仍不肯离去。渐渐地，在朋友们的心中，早已把我当作安尔本地人，若要打听安尔的什么事情，首先会想起我，而我也能如数家珍地谈起。那些年，每个秋季学期，都会调来新老师，有男有女，这些老师到了安尔后，很快会组成新的家庭，从而在安尔扎下了根，有的甚至在街边上建了房，索性连户籍也换了，成为正宗的安尔人。

逢年过节时，大家还会凑上一份钱，共同吃顿大锅饭，以此增进感情，加深友谊。有年端午，老师们买了一条狗，有位老师亲自动手将其剥了，煮了满满一锅，尚未开吃，有人就从锅里扒出来一根狗鞭，急急忙忙就要独吞。据说狗鞭是壮阳的，大家都心照不宣，平时看起来身体都很正常的老师们一见狗鞭，似乎瞬间都成了阳痿患者，个个需要滋补，纷纷叫嚷着，严厉制止那位已经迫不及待地张开饕餮之口的人，正在千钧一发之际，有位老师迅速从其嘴边将狗鞭抢救回锅里，后来还是校长亲自发话，任何人不得吃独食，他拿出开会时发言惯有的口吻，严肃地说："这东西女教师吃了没用，就不考虑了，在场共有七位男教师，请将其平均分为七截，争取让每位男教师都滋补一下。"校长打了招呼，也就没人敢再争了，分食狗鞭的老师将其夹到菜板上，每剁下一截，依次按照校长、副校长、班主任等次序轮着夹走。第一刀剁下来的，是两颗连在一起的睾丸，校长夹起一颗后，把另一颗也连带起来了，两颗睾丸就这样一高一低荡在空中。发现是两颗后，校长犹豫了片刻后，意味深长地问副校长："这东西吃一颗也就够了吧？"见副校长不吱声，他把自己那颗囫囵吞下，让副校长夹走另一颗；第二刀剁下去，第三个老师夹走了，估计不足两厘米；第三刀剁下去，第四个老师夹走了，也是不足两厘米。如此一来，所剩的狗鞭就已经很短了，但又要保证每个男老师都能尝到狗鞭的味道，所以分食狗鞭的老师越发变得小心翼翼，可越是小心，剁得越是不准，第四刀剁下去，估计不止三厘米，被第五个老师叉着筷子一下就夹走了。剩下不足三厘米的狗鞭孤零零地躺在砧板上，还需要拦腰剁下第五刀。眼下就只剩我和分食狗鞭的老师没有得到"滋补"了，为了把它分得平均，分食狗鞭的老师拿着刀在空中瞄了又瞄，忽然手起刀落，可那狗鞭太短，中间受力过大，分成两截后倏忽一下从刀刃两边溅出去，不知道飞到哪儿了。我和他眼巴巴等了半天，最后一点儿狗鞭没捞到，校长觉得有点儿过意不去，往我俩碗里夹了几块狗肉说："没了就没了吧，多吃点儿肉，你俩半个女朋友都没有，补了怕出事。"我和分食狗鞭的老师彼此相觑一眼，似乎还是有点儿遗憾，低着头大快朵颐起来。过了一会儿，有位老师从地上捡起来很小的一点儿骨头，举在手里反复打量，认出了是之前飞溅出去的狗鞭，大家忍不住哈哈大笑起来，最后这点儿狗鞭，原本就是皮包骨头，飞溅之后，连皮都没了。这事已经过去十多年了，但每每回想起来，仍然还是会让我笑到难以自禁。

　　七年时间，足够将一个异乡人变成熟人，甚至是本地人。走在街上，摊贩、村民、家长等每一个人都能喊出我的名字，谁家有个红白喜事，还会吆喝一声，发生纠纷了，我还能去劝几句。我与摊贩砍价，与村民寒暄，与家长谈起孩子们的教育，一颦一笑间，俨然已是本地人之模样。想起初入安尔时的纠结、彷徨、失落等，似乎显得有些矫情。安尔作为静谧而又封闭的时空，圆圆满满地摆在那儿，我的骤然加入，让它产生了裂缝，为了接纳我，这裂缝还要重新愈合，这时空还要再次圆满，让我成为它的一部分，我只有适时调整自己，成为它的补丁，而不是挣扎，让裂缝越挣越大。身份认同感获得解决后，才能在一个地方寻找到更多的快乐。"安尔"一词，是从彝语的发音直接汉译过来的，具体意思暂无可考，倒是我在安尔工作期间，认识一个笔名叫安尔的文学青年，他家住在安尔隔壁的村子里，我问过他"安尔"的意思，他扯淡为"安定你的生活"，现在想来，如此定义，也是比较贴切的。

8

我曾经独自沿着安尔周围的山脊，在群山中一座座地跋涉，累了就躺在它松软的植被上歇息，或者趴在绿荫中寻找陈年的松塔，在它裂开的鳞瓣里，偶尔还能找到几粒干松子，放在牙齿上咯嘣一声磕开，慢慢嚼碎，经唾液搅和，满嘴都是清香。有的山巅，也许多年没人到过了，几段小路的痕迹在山上断断续续地延伸着，却在某处突然扎进草木中，成为自己的尽头。安尔人喜欢吃野菜，比如蕨苔、刺老包、香椿等，用热水焯过，浸入清水中泡上几个小时，将其涩味过滤之后，切细，拌上水豆豉就能做成一道道可口的凉菜，而这些植物，一到春天，安尔周围的山上便到处都生长着，只要我们愿意走向山中，俯下身去，你会发现，自然给予我们的馈赠，又何止这些。

站在山巅，可以看到山下的河流，推开两岸的河谷，朝着大地倾斜的地方透迤而去。这条流经安尔的河，据说是乌江的支流，我没有考证过，姑且就叫她安尔河吧。若非涨水季节，安尔河通常是平缓而又清澈的，她会在某个低洼处或者山崖下形成若干个一米多深的水潭，可以泡澡，可以游泳。天气热的时候，我们时常约着去河里洗澡，我虽不善游泳，但从不担心会有危险发生，安尔河的温良总是善待着周围的人们。那些水潭相互间隔着几十米，每个水潭里仅有三五个人，且都是熟人或朋友。由于山高谷深，水潭都有它的隐秘性，洗澡时尽可放肆到一丝不挂，累了就爬到河滩上，找块干净的石板，赤身裸体地躺着晒太阳。这时若有谁使坏，谎称"有人来了"，石板上的人会一骨碌爬起来，纵身跳进水潭中。有时真有村里的女人背草走过河滩，洗澡的男人们借流水遮掩着下半身，隔着岸和她打个招呼或者寒暄几句。而那女人也无别扭，蹚河之时脸上的汗水滴入河中，激起一小团涟漪，瞬间随着流水淌进男人们的水潭里。

山为父，水为母。在某个地方待久了，首先接纳你的，或许就是那地方的山山水水，而你也会在闲暇之时，以最舒适恬淡的心情走向她，躺在她的怀里，一阵清风、几声虫鸣，抑或在山涧中激起的浪花、突然划过河面的水鼋等，似乎为了迎接你，这一切在冥冥之中早已有了安排。而你置身那山水之间，行走，畅游，坐卧仰躺均是和她的一种交流，有时怀着心事，即便沉默，也算是和那山水的一种私语。

时至今日，安尔那片山水已经化为另一种形式，寄身于我体内，正如"水是眼波横，山是眉峰聚"，无论我走到哪儿，只要回到记忆深处，安尔总会像个美人等在那儿，陪我静坐，听我诉说。

夜 间 过 客

夜色漫开在城市的低空，像一张腐朽的桌布从天而降，在它内部密集着光的虫洞——灯火静止在那里，稍有所动，城市就会裂开，露出幽暗而又深邃的豁子，让所有的欲望都从那里陷落。这是我若干次抵达过的昆明，又若干次离开它。小军开着大货车在立交桥下接我。深夜的昆明城，那些在晦暗中延伸的街道，总有一条指向回家的路。小军是我妹夫，他一手扶着方向盘，一手操纵着刹车杆，有一搭没一搭地和我说着话。灯火在城市的边缘渐次暗淡，透过挡风玻璃，在他的脸上时隐时现，偶尔有车与我们相向而行，一团团强光迎面袭来，瞬间又将我们丢弃在黑暗中，我在反光镜里看着小军，这一次，他竟然那么清晰。

小军和我妹妹虽然已经结婚十多年了，他却很少和我认真交流，平时有事说事，没事的时候，即便相对而坐，也都是彼此沉默。每次逢年过节，他们一家会回官抵坎陪我母亲，我杀鸡，他在一旁递刀端水，我烧火，他劈柴之类的。印象中，十年前他开着一辆破旧的二手面包车，在海源庄的货场里，那车似乎不听他的话，跑几步就会停下来，间或又突然耸动几下，像抽搐的老人拒绝死去。那时候小军刚来到昆明，和我妹妹在同个货场拉货，一辆破车整天难得拉上一车货，而他每天还是坚持去货场里排队取单拉货。他人长得还算帅气，眉清目秀的，笑起来嘴往两边脸上咧，露出满口大白牙。具体也记不清是什么时候，我接到妹妹的消息，说她结婚了，嫁给一个一无所有的家伙。我因工作原因，没去参加他们的婚礼，电话中轻描淡写地表示过祝贺。

起初妹夫像一团迷雾，谁也看不清，和家人相处一段时日后，他整个人的形象才稍微明确起来，生命的峡谷中最先露出的是他的身世。他有一个不思进取的父亲，时常沉溺于赌博，其母不堪忍受，怀着绝望之心离家出走，自此便消失在孩子们的生活中。母亲离家出走后，父亲对他们兄妹三人不管不顾，无奈之下，他辍学了，长期靠村里人接济，带着两个妹妹艰难度日。直到十四岁那年，他们离开了老家，懵懵懂懂地被时间从幼小的身躯中生拉活扯，一茬一茬拔出来，就这样他们竟然成功长大了。离开老家这些年，他去了福建，打了几年工后两手空空地回到昆明，欠着一堆账，连那辆二手面包也是借钱买的。我曾经为妹妹的选择担忧过——何处安身立命，妹夫老家的房子早就沦为废墟且被荒草占领。他们结婚后，我见过小军父亲一次，一个看起来比较健壮的中年男人，也在昆明打工，有段时间还在小军拉货的货场里工作，已重新组建了新的家庭，吃饭的时候，他看我的眼神是有些游离，甚至飘忽不定。离开时小军用一个口袋给他们装了一些糖，妹妹觉得袋子小，要换大的，可以多装一些。让我欣慰的是妹夫虽然遭遇了极其不幸的童年，但他并没有带着仇恨生活，反而还是一个热爱生活的人，每到哪个地儿都会买些土特产带回去，给大家炒上几个拿手好菜。他喜欢收藏茶叶，每次我飞机一落地，不论多晚，他都会去机场接我，尤其当我从普洱回来的时候。

婚后一年，他们有了第一个孩子，这孩子天生好动，似乎有着用之不竭的精力，我帮着照看过一次，不多时便累得满头大汗。外甥出生后，小军意识到肩上的担子变得沉重了，每天起早贪黑，一门心思奔跑在路上，钻头觅缝到处找货拉。一个人奋斗的样子真的很感人，看着小军，我的脑海里时常浮现出这样的图景：全世界都下班了，而他还在驾驶着后来买的那辆大货车，穿行在云贵高原的暮色中。有时候跑长途，太累，他就将车停在路边，在车上和衣而眠。父亲生病那一年，正好他要拉一车货去我老家，顺便看望我父亲。我送他离开我们的小镇，翻越分水岭，寒气笼罩，崎岖蜿蜒的山道有着灰色的轨迹，似乎在向着没有路的地方延伸。

有一年腊月二十七日小军一家去我老家过年，才到一天，有人打电话来找他送货——从昆明拉海鲜去缅甸，收货人是缅甸地方武装头目，每逢过大年，都要购买大量海鲜去犒劳他手下的兵。同样的路程，价钱是平时的两倍多。我们大家都劝小军拒接这单货，一年辛苦到头，应该给自己放个假舒舒服服地过几天清闲日子。小军有点儿犹豫，想去吧大年在即，不去吧这么好的生意眼看着要错过。第二天清早，他还是返回昆明了，他说那是他的老客户，一定要把关系维护好。过年那天，我们都还没有起床，就听到车辆的声音在敞坝里响起，原来是小军已经回来了，家里人都很惊讶，也就是三天时间，他完成了将近两千公里的行程，这期间，还要除去过边检站的时间，边防人员会将他的整个货车全部拆开检查，完了再重新组装上。我有一个朋友就在边检站派出所工作，他告诉我，这种边境上往来的大货车，每次都需要拆开检查，有一次，他们堵卡时拦下了一货车西瓜，毒贩故意泄露情报，说某个西瓜里藏有毒品，宁可信其有啊，西瓜都一样的颜色和大小，他只能让所有的武警都过来砸西瓜，直到西瓜全都砸烂了也没有发现任何毒品，这是边境上常有的事情，警匪之间时常需要斗智斗勇。我妹夫见我们才起床，笑嘻嘻地从包里摸出一个金手镯递给我妹妹，他说就是这单生意赚来的。大家都在责怪他乱花钱，还是我妹妹会想事，她说金价比较稳定，玩腻了可以卖掉。如果说真有女汉子，我妹妹也算得上。一个女孩子跑去昆明打工，从洗碗开始到理发再到摆摊卖衣服，最后直接扔掉这些绣花针功夫，开起大货车在昆明城里到处蹿，她家孩子放学了无人看管，直接扔在副驾座位上，我外甥几乎就是在大货车上长大的。妹妹在夫妻关系中略显强势，因为她不是那种坐吃山空让人养着的女人。她也敢于和生活硬碰硬，拿得起放得下，她的果敢与决断甚至超过了很多男人。

有次我妹夫拉货去广西，途中给我发来信息，内容是几句关于生活感悟的顺口溜，他问我这"诗"写得如何，还文绉绉地说道"请三哥斧正"之类的。我看后捧腹大笑，觉得真是有意思，他是基于什么样的想法才写这些顺口溜的？难道诗歌真的是一剂治疗心灵的良药？又或者长途孤寂，他想要说话，写"诗"只是那时那景那情下的说话方式。我无意嘲笑小军写"诗"这事，我只是好奇写作行为竟然发生在他身上。我给他发信息，让他专注开车。后来我越想越有意思，遂给妹妹打电话分享这件有趣的事情。

我说："妹妹，你要不要管好小军啊？"

我妹妹先是一惊，以为出了什么大事，紧张而又谨慎地问我说："怎么啦？"

"他竟然背着你写诗。"我忍不住哈哈大笑起来。

"啊！"妹妹一咋呼说，"他竟敢写诗？好，晚上回来收拾他。"说完后在电话那端笑得合不拢嘴。

经过这些年的打拼，小军一家已在昆明买了两套房子，两辆大货车，以及一辆崭新的帕萨特，这让我吃惊不小，并暗自为他们高兴——我亲眼看见这对居无定所的青年，向命要来立锥之地，并在上面重建了家园。

而此时，小军载着我穿行在昆明的郊区，四通八达的道路交织成网，捕获了一段坑洼不平的通道，这通道似乎奋起抗争过，周围的烂泥和废墟杂乱不堪地散落在地上，有几辆车涉水而过，引擎发出撕裂般的吼声，尾灯像充满血丝的眼睛，在一阵偾张后被更大的车流裹挟而去，而我们，也在其中。

春天与十个姐姐

1

陈有禄还是没有挺住。死前一晚，他从床上爬起来，坐在窗外的石坎上，在谈及媳妇和年幼的儿子时，声泪俱下。他乞求刚刚成年的弟弟陈有福，在自己死后务必帮忙照顾这对孤儿寡母。

玲姐的娘家人赶到水塘湾时，她早已哭成泪人，原本瘦弱的身子在抽泣中一次次痉挛着，整个人蜷缩在堂屋角落里，像一份面团正被接下来的命运塑形。姐姐叫王玲，我们都叫她玲姐。她身材高挑，为人亲和，似乎比同龄的姑娘们更加懂事，因此深受大家喜爱。她父亲以前在粮管所工作，虽是临时工，但至少是端公家的碗，家庭条件在官抵坎比上不足比下有余。那时候，情窦初开的姑娘们扎着堆，白天互相换工干农活，晚上就凑在某家的油灯下纳鞋底，织毛衣，平时有点儿零花钱，握在手里都能拧出水来，也舍不得花，悄悄积攒着等待出嫁那天，花在自己的嫁妆上，漂漂亮亮地在姐妹们羡慕的目光中走出"闺阁"。

姑娘们一旦组成新的家庭后，再回娘家，就只能算是走亲戚了，有时候还会像客人，坐在娘家人中间，显得局促而又拘束，曾经陪伴自己长大的一切，自从嫁出家门那天起，便不再属于她，即便在夫家受了委屈，也只能在外面流干眼泪才能进娘家的门。玲姐嫁到水塘湾，与官抵坎之间，隔着几座山。她第一次回娘家，并非刻意，只是从水塘湾去仁和街赶场，途经官抵坎时驻足了片刻而已。在我们老家，姑娘嫁出去不足月是不能进娘家门的，所以玲姐只能站在娘家的敞坝里，由几个尚未出嫁的妹妹陪着，有些日子没见了，大家似乎都有许多话要说。玲姐本来就长得精瘦，衣着又单薄，加之冬天的风比较凛冽，冻得鼻涕直流。虽说村里重男轻女的思想还比较严重，但女儿也是心头肉呀，她母亲心疼她，找来几把干燥的麦草，在房檐下烧了一堆火给她取暖，烟火熏得姐妹几人眼眶红润，气氛看起来有些悲伤。隔着一道门，她嫂子端来一碗汤饭给她吃，玲姐吞咽着，像是在吞毒药，每一口下去，喉咙总是竭力在伸缩。

自此之后，再见玲姐，就是在我姐夫陈有禄的灵堂前了。这也是我第一次到水塘湾。跟着官抵坎的大人们，穿过连绵起伏的田野，大约半小时后，一条蜿蜒崎岖的小路将我们引进青黑的松林中，隔着迷雾，能听见敲锣打鼓的声音伴着人的恸哭声，那是陈有禄家里在给他做法事。诵经的人轻车熟路，经文成串地从他嘴里飘出，或许，在那层迷雾之上，在我们看不见的某个地方，一个年轻人的灵魂正踩着天梯，由于回望，一次次滑到又重新爬起。而我的玲姐顶着孝帕，失魂落魄地站在灵柩前。陈有禄生病期间，她一直夜以继日地照顾着，原本瘦癯的她已被折磨得像根竹竿。陈有禄死后，连夜的悲痛更是让她憔悴不堪。端公的海螺每吹响一次，孝子就要磕头。玲姐和陈有禄的孩子还不到两岁，甭说磕头，就连站着都得扶着供桌。每次磕头，玲姐都要将他的头往下按，这惹得孩子在灵堂上嘶声破哑地哭闹，玲姐为了哄他，撩开衣服，将一只干瘪的乳头塞进孩子嘴里。二十出头的玲姐啊，体内啥也没有，瘦得像一根吸管，被孩子狠命地嘬着。周围的人，看着这对苦命的母子，无不低头拭泪。

我去异地读高中后，某个假期回到官抵坎，从母亲口中得知，陈有禄死后，玲姐仍然留在陈家，嫁给了她的小叔子陈有福。陈有福身形矮小，性格腼腆，在玲姐面前，显得像个孩子，春节他和玲姐来官抵坎拜年，我见过他一次，是个本分的人，看来玲姐母子跟了他，算是重新找到了靠实的归宿。玲姐和陈有福有了第一个孩子后，为了躲避"计划生育"，他俩就离开水塘湾去广东打工了。当我再次听到玲姐这个人的名字时，已经是十年之后的事情。人们说她得了抑郁症，梦里常常看见四野八荒全是流水，那里面也不知有啥东西总是在召唤她，很多次她从梦里醒来，以为自己还站在流水边上，特想纵身一跃，死在里面。因为担心她在外面出事，陈有福不得不辞去广东那边的工作，陪着玲姐回老家生活。

我结婚那年，婚礼上看见一个中年妇女，置身人群中，目光呆滞，无动于衷。但我仍能一眼就认出她来，那是我的玲姐，尽管备受生活摧残，仍然保留着一丝丝少女时的神态，供我们在人海中相认。

2

燕姐的母亲总认为，自家闺女比其他野丫头金贵，平时也没少耳提面命地教育燕姐，离村里的"疯丫头"远一点儿。燕姐排行老幺，又是家中唯一的女孩，所以从父母和哥哥们那里得到的呵护更多一些，这让燕姐看起来有几分娇气，在众多粗野的姑娘中显得与众不同。燕姐从不串门，每天陪在她母亲身边，且从小就心灵手巧——绣得一手好鸳鸯，上下寨子许多小伙都盯着他，巴望着能将其娶回家。有的人跃跃欲试，故意在她家门前来回赶趟儿，但这逃不过燕姐母亲的眼睛，她从不给这些异想天开的穷小子好脸看，久而久之，大家都说燕姐母亲眼光高得很，也便作罢。打小无论什么事情，燕姐都是由母亲帮着拿定主意。燕姐到了谈婚论嫁的年龄后，在与各种媒人周旋时，试探、搪塞、推托，可谓是"兵来将挡，水来土掩"，有她母亲在，燕姐倒是省了不少心。"过尽千帆皆不是"，直到木瓦房余家的儿子请着媒人上门来提亲，燕姐的太阳才得以从人生的地平线上升起，那人身上似乎有一种温暖的光照，令平时一副高冷样子的燕姐变得和颜悦色。这家人刚离开官抵坎，全村就传遍了：燕姐终于等到了她心中的白马王子。

"白马王子"名叫余智，家住贵州毕节木瓦房村，长得英俊，也是一副高冷的面孔，几次到官抵坎来磋商婚事，在与燕姐家族里的人们接触时，总会流露出拒人于千里之外的感觉，对此许多长辈有些不满，纷纷在背后议论，说余智这人"拽得很（方言，相当于高傲）"。燕姐的婚事很快就提上日程，唢呐径直从官抵坎吹到了木瓦房，一路上伴着鞭炮噼里啪啦的响声，亲戚朋友近百人将燕姐送到余智家里。随后有关余智家的各种传闻在村里就经常被人提起，"你燕姐享福了，嫁了有办法的人家，家里有四立三间的大瓦房"。那年代家家都是土墙房，相比之下"四立三间的大瓦房"就相当于豪宅，有此居所的人家定然是不愁吃穿的。燕姐的母亲对于女儿的这桩婚事十分满意，作为母亲，能够看着自己的"掌上明珠"寻得如意郎君，也算圆圆满满地了却了一桩心事。婚后燕姐时常回到娘家来小住一段时间，洗衣扫地，总是将家里归整得窗明几净。左邻右舍的姐妹们闲暇里会去燕姐娘家串门，从那里了解到燕姐的婚后生活，一个个羡慕不已。

几年后，年轻人流行外出打工，有的出门赚了钱就回村里建房子，一座座钢筋混凝土房子拔地而起，与之相比，几年前姑娘们梦寐以求的"四立三间大瓦房"已黯然失色。也是这个时候，余智带着燕姐去了浙江，开始为新的生活另谋出路。毕竟家里底子好，瘦死的骆驼比马大，别人外出打工都是干苦力，而余智则买了一辆崭新的面包车，在温州城里拉客，夫妻俩小日子过得有声有色。自从燕姐嫁人后，我们几年难得见一面，平时也没有联系，若不是偶尔听家里人说起，我都差点儿忘了曾有这样一个姐姐。

大概是六年前，一个平静的日子里，当我再次听到燕姐的名字时，却伴随着晴天霹雳般的噩耗在我们中间陡然炸开——余智死了。那是在一次拉客的过程中，像往常一样，余智漫不经心地开着车，在经过温州某郊区时，后排座位上的三个歹徒突然用匕首顶住余智，并对他实施抢劫，事后这三个歹徒担心余智报警，干脆一不做二不休，直接将他灭口。余智遭遇杀害后不久，警察便接到群众举报——在郊区的水沟里发现了一具男尸。当地多家媒体报道了这桩案子，我在网上搜索过这则新闻，从打了马赛克的配图上，还能大体看到草丛中血迹斑斑的余智，凌乱不堪，很难想象他在死前曾经受过何等的痛苦，甚至有可能跪地哀求过，但是那三个歹徒还是没有放过他。我和燕姐虽无往来，但在我年少的记忆深处，有一条抵达她的甬道。有时候想起她的孤苦——两个孩子尚年幼，她要独自面对丧夫之痛，还要承受生活突然坍塌后那旷日持久的压力——恻隐之中有着莫名的心痛。

有个深夜，我正在书房里读约翰·邓恩的诗，突然接到一个陌生女人的电话，她在那端泣不成声，说自己已走投无路，希望我能帮帮她。迟疑片刻后，我才听出那是燕姐的声音，熟悉而又陌生，此时的燕姐精致的脸庞定然布满泪水，独自深陷在异乡的黑夜中怀抱着飘忽不定的命运。她说她已经多次去过案发地的派出所，被迫放弃心中的仇恨，希望以取得死者家属原谅的方式来减轻三个歹徒的量刑，以此换得三个歹徒家的赔款，她的两个孩子尚年幼，余智的父母年事已高，她实在是撑不住了。而据当地警方调查，三个歹徒均来自贵州深山里，皆是家徒四壁的人家，且有两个是未成年，三家人都无力支付这笔赔款。燕姐是在绝境中才想起我的，但我对于她的请求束手无策，一种内疚与无力感油然而生。唉，燕姐，我们皆是生活的弱者，命运蹂躏谁，只看厄运落在谁的头顶。挂断电话后，燕姐的哭声仍然在我脑海中回荡着，经历了她的绝望与悲痛，我也因此难以复原，成了另一个破损的自己。此时，约翰·邓恩的诗集仍然安静地摆在我的书架上，我又将其翻出来，找到了这首诗：

没有谁是一座孤岛，

在大海里独踞；

每个人都像一块小小的泥土，

连接成整个陆地。

如果有一块泥土被海水冲刷，

欧洲就会失去一角，

这如同一座山岬，

也如同一座庄园，

无论是你的还是你朋友的。

无论谁死了，

都是我的一部分在死去，

因为我包含在人类这个概念里。

因此，

不要问丧钟为谁而鸣，

丧钟为你而鸣。

——《没有谁是一座孤岛》

3

　　落日挂在远处的山峦上，从灌木的缝隙中释放出凄红的光芒。在城市和山峦之间，有一片开阔地带，人影零落，荒草摇曳，各种各样的蔬菜地分割着寂静中的暮色，薅出的杂草铺满铁路两旁，暴晒几天就能将其集中焚烧，所得灰烬会用来掺杂着粪尿重新撒入畎亩之中。这是昆明西郊某镇大元村，梅姐的父亲举家来此已经有些年头，欲听故乡事，得见故乡人，但凡老家有人来昆明，若被他们知道了，都会郑重其事地请到家里来吃饭。梅姐家有四姊妹，一个个长得浓眉大眼、高挑美好，是周围几个寨子公认的"美人窝"。可她父亲还是不满足，说什么也要生个儿子传宗接代，所以带着全家人到了大元村一边打工一边躲"计划生育"。几年间，梅姐几姊妹早已出落成大姑娘，大姐嫁给一个四川司机，虽不是什么高级的职业，但毕竟是有"手艺"的人；二姐长得最漂亮，却嫁给了一个其貌不扬的昆明本地人，他家在某个城中村有一栋六层楼的房子；相比之下，梅姐找的这个男人最没出息，他叫陈斌，来自贵州大山里，人虽端正，也吃得苦，但仅只是个货场里的搬运工，每天灰头土脸地挣扎在生活的褶皱里。所以正当梅姐和陈斌商量着住到一块儿的时候，梅姐的父亲跳出来极力反对，还带来了绳子，将梅姐绑着打了一顿。不过梅姐软硬不吃，认定了这门婚事，她父亲这一闹，非但没有棒打鸳鸯，反而将梅姐逼得离家出走，连个潦草的婚礼都没有，径直就和陈斌组成了新的家庭。

　　婚后的梅姐和父母那边断了联系，随同陈斌租住在下荒村，那里离陈斌上班的货场近，周围的租客都是陈斌的老乡，大家羡慕之余挖苦陈斌，说他"走狗屎运，娶了个大美人"。梅姐过上了家庭主妇的生活，每天除了串门听老乡们讲陈斌家乡的事情，快到下班时就提前回家做饭等陈斌，而陈斌每个月把辛苦挣来的工资分文不少地按时交到梅姐的手里。晃眼半年过去了，当爱的激情消退之后，生活的潮水就会涌上岸堤，这对涉世未深的小夫妻，显然还没有做好应对生活巨浪的准备，往往因为一些琐事争吵不休，最厉害的一次直接导致双方分道扬镳，梅姐收拾了东西搬去她大姐家了，陈斌也结算了工钱回到贵州的老家。直到这个时候，除了这个男人外，梅姐还没有见过他家里的其他任何一个人。可是分开不到两月，站在人头攒动的昆明街头，她发现自己怀上了陈斌的孩子，真是悲喜交加啊，原本还在犹豫的梅姐选择原谅陈斌，并于当晚收拾东西，登上开往贵州的火车，她要去找那个"狠心"的男人。

陈斌家虽说是在贵州的大山里，其实离梅姐的老家官抵坎也不足五十里。当陈斌的父母面对突然找上门来的媳妇儿时，一脸愕然，转又乐不可支，一家人围着梅姐添汤加饭，嘘寒问暖，加之陈斌也当着家人的面向她低头服软了，梅姐心中的怨气和忐忑才得以消除。几天后，陈斌的父母为他俩操办了"团房酒"，其实就是一个简单的婚礼，招呼远亲近邻来家里吃顿饭，也算是正式认定了这门婚事。最让梅姐出乎意料的是，陈斌亲自打电话给梅姐的父亲道歉，并很快取得了他的原谅。梅姐的父亲一定犹豫过，但这小两口生米已经做成熟饭了，他也只能认命。他长途跋涉赶来参加了梅姐和陈斌的婚礼。坐在热气蒸腾的酒席中间，梅姐的父亲抬头看了看陈斌家的两层楼房，觉得这是一个稳妥的归宿，加之陈家人的热情与善良让他有了一种踏实的感觉，如此一来，他也就放心了。

秋去冬来，转眼梅姐的第一个孩子就出生了，是个女孩，这一年梅姐十八岁。第二年，梅姐的第二个孩子又出生了，还是个女孩。无论是梅姐自己的家庭观念对她认知的养成，还是陈家人的期许，都还需要她生一个男孩。基于此，她和陈斌商量了，重返昆明，一边打工一边躲避"计划生育"。他们还是租住在下荒村，陈斌复又到货场里当搬运工，生活回到两年前，不同的是，这次多了两个孩子。当梅姐怀上第三个孩子后，去医院做了B超检查，被告知还是一个女孩。这让梅姐夫妻俩陷入进退两难的境地，生下来吧意味着还要继续生，可是孩子多了压力太大；不生了吧意味着这个家没有传递香火的男孩，不甘心。最终夫妻俩痛下决心，拿掉第三胎。待梅姐的身体恢复不久后，她又怀上了第四胎，可还没来得及去做B超检查，就流产了，夫妻俩抱头痛哭，沮丧至极。但是无论多么绝望，生男孩这事还是不能耽搁，每逢赶庙的日子，梅姐都会去烧香拜佛，眼巴巴指望着下一胎能够如愿以偿。好不容易迎来了第五胎，做B超检查后，医生告知，还是女孩。天啊，这可怎么办，陈斌焦虑得脸色苍白，经常因此而失眠，头发大把大把脱落，这次的选择比之前都要艰难，不敢再人流了，这会导致梅姐直接丧失生育能力。这时梅姐的二姐来到下荒村，向梅姐坦露了心里的苦楚。她丈夫身体有病，嫁过去几年了至今未得一男半女，如果可以的话，她想收养梅姐的这一胎孩子，愿意支付月子期间的一切费用，但有个条件，无论孩子多大，不能主动去认领。梅姐夫妻俩寻思，这是个两全其美的办法，一是不用担心人流带来的后遗症，二是收养孩子的人家庭条件优渥，又是自己的亲人，孩子在她们家成长，不会被亏待。就这样，孩子刚一生下来，就被梅姐的二姐带走了。到了这个时候，陈斌开始打退堂鼓了，心理压力太大，他想放弃再生孩子的念头，可是梅姐却和这事儿杠上了，不生男孩决不罢休。陈斌拗不过她，过了一年后，又怀上第六胎，这期间陈斌可谓天天战战兢兢，就连梅姐去医院做B

超检查他也不敢陪同，关键时候，还是梅姐的勇气撑起了这一切，独自偷着去了医院。等到陈斌下班了，梅姐伺候他吃了晚饭，才将B超单往他面前一拍，陈斌还不知道咋回事，低着头看了几分钟才明白，惊叫着抬头看向梅姐，两人愣在那里，眼泪哗啦啦地往下流。盼星星盼月亮啊，这一胎是剖腹产生的，他们终于等到了一个白白胖胖的儿子。

生下儿子后，由于生活压力太大，梅姐迫不得已带着三个孩子回到贵州老家，毕竟农村各方面开销都要小很多，留下陈斌独自在昆明打工挣钱养家。梅姐回到老家不久，剖腹产的伤疤尚未痊愈，就被计生小分队带去做了结扎手术，肚子上又被开了一刀。有一次梅姐带着三个孩子回官抵坎，那里是她小时候成长的地方。遇到我，梅姐给我讲起她的这些经历，笑嘻嘻地撩起衣服，让我看她的肚子，那是一个饱受蹂躏的身体，一条条错乱的刀口还在泛着血红的伤疤，像一道道通往人间的窄门，活活被挤破了。

四年前，母亲告诉我，后来陈斌得了抑郁症，也回贵州老家了，现在整个家庭的重担——喂猪养鸡、挖山种地等，全靠梅姐独自撑着。

4

坪子小学坐落在庙坪村口，前身是村里的公房，属于木屋盖瓦式两层小楼。这也许是仁和镇最偏僻的小学之一，只有一二年级，总共三四十个学生，都来自官抵坎和庙坪两个相邻的村庄。这种山村小学的教学很散漫，没有准确的上课时间，老师什么时候来就什么时候上，若有事情耽搁了，学生们就会山丘野马般到处乱跑，但只要听说老师来了，全都提前"狼奔豕突"地冲回教室里，装模作样地大声读书，乌烟瘴气的教室里瞬间书声琅琅，直到老师走进教室，用尺子狠狠地敲打讲桌大家才停下来，但偶尔也有几个表演过了头的小家伙，在大家都安静下来后还在"忘情"地朗读，通常引得教室里哄堂大笑。但这次老师破天荒地笑着让大家安静，然后对着教室门喊了一声："都进来吧。"随后只见五六个十七八岁的姑娘你推我搡地走进暗淡的教室，在几十个孩子的目光中扭扭捏捏地晃来晃去。她们在黑板前面向同学们站成一排后，我终于认出来，其中两个分别是我的秀姐和兰姐。老师接着介绍："今天我们班来了几个新同学，都是你们的大姐姐，今后若有什么不懂的，同学们要多帮帮她们啊。"没等老师讲完，有个姑娘扭过脸去扑哧笑了一声，原本大家都是在竭力忍住的，被她这一逗，教室里所有人顿时笑得前俯后仰，像谁在火山堆上扔了把火，那笑声喷溅得到处都是。在被笑声打断几次之后，老师终于把事情讲清楚了，这几个新同学是本次仁和镇"扫盲"教育强行撵进学校来的。

　　这几个新同学虽已成年，但没上过一天学，如果递把刀给她们去砍柴，可能很快就能搞定，但若要她们拿笔写字，似乎比登天还难。秀姐和兰姐每天和我一块儿进学校，几天了，片鳞半爪都不敢在本子上写下，只要铅笔一碰上作业本，不是笔芯断了，就是作业本被戳破。最后她俩索性把书本一扔，骂骂咧咧走出学校，无论老师怎么上门劝返，就是死活不肯回来。好几次我在村里遇见秀姐和兰姐，她俩刚从山上干活回来，总会央求我教她俩写名字，她俩拿着镰刀在地上蛮横地划着，而大地太硬，无论怎么划，就是看不出半点儿痕迹，写了和没有写一个样，就像她俩在不在人间，这世界并没有什么不同。

某个秋天的清晨，连日的疲惫还在将人们摁在睡梦之中，却被一阵咒骂之声骤然惊醒。听声音大家就知道，那是秀姐和兰姐的母亲。多年来，人们都已习惯了她的咒骂。"可能又是一家人吵架了"，或许大家都愣了一下，然后这样想着又继续蒙头睡去。可是谁也没有想到，几天后，关于秀姐和兰姐离家出走的消息就传遍了整个村子。她俩的母亲还是没有停止咒骂，不论是在地里干活，还是走在乡间的路上，逢人便说："这两个婊子故意整治老娘，趁着活路（方言，活儿）最忙的时候出去找躲头（方言，躲处）了。"开始大家都信以为真，但十多天后，还是没有秀姐和兰姐回家的消息，人们开始心生疑窦，这两人越来越不像是去亲戚家耍了，谁会留她们耍那么长的时间呢？那时人们都很穷，两张嘴巴要吃饭啊，再说大家都晓得她俩的性格很要强，才不会在哪家捡下贱食吃呢。正当大家在背后悄悄议论的时候，耳畔又传来她俩母亲的声音了，和以往不同，这次她披头散发地游荡在村里，捶胸顿足地号啕痛哭，一路上边哭边呼喊着："我的儿啊，你们到底是去哪里啊……"说来也奇怪，两个大活人就这样人间蒸发了，活要见人死要见尸啊，一时之间，关于秀姐和兰姐的去向，人们有着各种各样的猜测。

时间的力量在于它能让人淡忘一切。两年后，没人再提起秀姐和兰姐的事情，她俩的母亲每天日出而作日入而息，失女的悲痛似乎已从时间的流逝中获得治疗。可是某个晚上，有人从镇上回到村里，带来了一个爆炸性消息，他说在派出所门口看到了兰姐和秀姐的母亲，她带着家人用石灰水将张麻子的眼睛弄瞎了。可这两家人无冤无仇，何以下得如此毒手呢？天亮后，真相终于大白，兰姐家人昨晚收到一封来自安徽的信，随信寄来的还有兰姐和秀姐两家人的照片，信中说她俩已经被拐卖到安徽，而人贩子就是张麻子。兰姐家有块地在张麻子家房背后，兰姐和秀姐那天干活累了上张麻子家找水喝，被张麻子以到贵州打零工赚钱的借口诱拐了。

后来兰姐和秀姐两家人约着回过官抵坎一次，仅仅一次。她俩举着树枝教孩子们在雪地上写字，一个"兰"字，一个"秀"字，虽然歪、歪、扭、扭，但是清、清、楚、楚。

5

我们冲到野猫洞的时候，煤厂上挤满了人，中间空出来的沙地上，横七竖八地摆放着几个凌乱不堪的人，有的还在微微颤抖，有的已经没有生命迹象，但都在冒着烟，像被烧得黑乎乎的焦炭刚从炉火中拔出来，很难分清楚谁是谁。有人将马车撵过来，在上面铺了层垫单，大家七手八脚地将伤者抬上去，由工友们护送着赶往镇上的医院。已经死掉的，就用衣物盖住脸，任其摆在原地。死者家属已在路上，正赶来收尸。煤厂上虽然人多，但却出奇地安静，这突来的惊遽似乎摄入每个人的肺腑，一旦开口，哪怕一小点儿声音产生的动静都能让大家的肉身灰尘般坍塌。

"这女人命硬了克夫得很。"黄昏时，村里几个婶娘聚集在村口，看着山脚下荒凉的煤厂，沉寂在夕阳的余晖中，小声嘀咕着。她们的男人平时忙于春耕秋收，但也会隔三岔五钻进煤洞里去采煤，以便能赚点儿零花钱补贴家用。这次瓦斯爆炸似乎是发生在她们的身体里，虽然死的不是自家男人，但回想起他们经常黑不溜秋地在煤洞里钻来钻去，庆幸之余也一个个吓得够呛。几个婶娘说起的女人，就是我的云姐，她才嫁到凌子口两年，家里有个尚未断奶的孩子。凌子口和官抵坎之间，隔着二十多里地。或许云姐正在家中喂孩子，而此时他的男人就倒在野猫洞的煤场上，正在被即将到来的黑夜一层一层地覆盖起来。

那时候官抵坎周围，到处都是小煤窑，一到冬天，家家户户都在存煤，没钱买煤的人家甚至会铤而走险，在夜深人静的时候偷偷钻进煤洞里挖煤。邻村就有兄弟二人，大哥先进去，半天没出来，等在洞口的弟弟着急了，进洞去寻找，几天后，当人们在煤洞里发现这兄弟二人时，都已中毒身亡，尸体僵硬得如煤块。那些煤洞横向深入山的内部，与人间隔着一条条狭窄、潮湿而又幽暗的隧道，若要钻进去，必须弯下腰，甚至需要保持双膝跪地的姿势，就这样，他们中有的人爬进去，在一次塌方中成为煤块的一部分，有的四脚蹬地爬了出来，竹船里拉着几百斤煤。人要将山挖空，山要用人来填，谁能在此中获得生机，全靠个人的命。云姐的丈夫，终归还是被运走了，埋在凌子口的路边，坟堆得像一个小山包，如一堆煤炭那么大。

逝者已矣，但生者还要带着巨大的悲伤，继续活下去。这种时候，对于云姐来说，最难维系的就是婆媳关系了。两个悲伤的女人，一个失去丈夫，一个失去儿子，都把对方当成发泄的对象，亲情在现实的拉锯中生生被掰断。云姐想回娘家散心，婆婆就会认为她这是要带着孙儿逃跑了，甚至是上茅厕也会被怀疑；春耕大忙时，有男人帮着做两天活儿，婆婆就觉得云姐在村里搞破鞋了；云姐真是左右为难，真想心一横一走了之，但是天下之大，去哪儿呢？她在夫家就留下儿子这点儿血脉，想带着儿子走是不可能的，婆婆必定誓死纠缠。但是不带的话，她又实在割舍不下。直到有一天，云姐的母亲去看望她，正碰上她被婆婆骂，看着自家的女儿憔悴不堪的样子，母亲一怒之下，和婆婆抓扯着扭打在一起，直到村里人闻讯赶来将她们拉开。一不做二不休，云姐的母亲干脆请人捎信回到官抵坎，她几位哥哥听了，邀约村里几十个年轻人赶去接应，趁机将云姐及其家里的家具、牲口全部带走了，唯一将那孩子留给她的婆婆。车子经过羊滚坡时，云姐想起最近这几个月发生的事情，想起自己的命，心被堵往另一条路上，实在无法接受这突如其来的一切，遂从货车里往外纵身一跃。羊滚坡的险峻是令人望而生畏的，山顶上道路崎岖坎坷，山的边上几百米的坡面呈75°角往谷底倾斜而下，一旦人、车或牛羊滚下去，必将尸骨无存。云姐刚一跃起，幸得她二哥眼疾手快，一把抓住她的衣领，她整个人有一瞬就荡在车厢外，凌空之下，就是深渊。司机赶紧将车停在路沿靠地埂的那边，云姐的母亲一把将她拖到灌木丛里，劈头就是一顿詈骂。等两人冷静下来后，彼此为对方擦去腮边上的泪水，由几个哥哥搀扶着重新攀上车厢。

　　云姐回到娘家后，像尚未出嫁之前一样，每天忙里忙外，村庄没有变化，家什都摆在原处，平日里遇上叔叔婶娘等，也都笑脸相迎，但她已找不回那个曾经的自己了，受过的伤，经历过的事已将她移位，从那个少不更事的姑娘投进前途未卜的迷雾之中，接二连三的遭遇像一支支箭镞凭空飞来，身上的伤口似乎会提前裂开，像一张张饥饿的嘴，将其一一接住。也有周围寨子的男人想要上她家去提亲，但只要想起她前夫的遭遇，"克夫"的传闻还是让他们心怀顾虑，遂打了退堂鼓。那一年时间过得真慢，细炖慢熬，日子终于抵达年关。隔壁村里一个远嫁的女人回来了，当年她为了给家里双亲修一栋两层楼的砖混房，硬将自己嫁了一个贵州残疾人，从那儿换回来六千块"彩礼"钱。她听说云姐的遭遇后，主动找到云姐，建议她也去贵州，她那边的家族里有个男人，是个赤脚医生，几年前在山崖上采药跌断了一条腿，人虽跛脚，但有手艺，吃穿不愁。云姐内心深处是不甘就此孤独终老的，她也渴望新的爱情重新点燃自己，但是想起人们都在传言自己"克夫"这事，对于再次嫁人，她也有些心有余而力不足。几个月后，也不知是什么帮云姐下了决心，她还是嫁去贵州了，并且二十多年来没有回来过。即便是现在，每次经过她家门口，我都会想起，云姐离开的时候正值秋天，她家门前的泡桐花落了一地——那是一棵被雷劈过的泡桐，树干虽被折断过，但仍然枝繁叶茂，开着紫色的花。

6

离开官抵坎后，我就很少再见到桃子了。

我们一块儿上学，一块儿放学，一块儿上山打猪草。那时候她们一帮姑娘，经常约着到秧田湾和百爪林打猪草，而我总是会找一个太阳晒不到的地方，四仰八叉地躺下来睡觉，林中的鸟鸣，山涧里溪水潺潺之声以及周围的蝉噪混合在一起，成为最好的催眠曲。有时当我醒来，太阳已经偏西，竹篮里空空如也，可是家里的几头猪还等着我打猪草回去下锅呢，如何是好？我站在山腰上远眺，姐姐们埋头在地埂上打猪草，离她们不远的地方，摆放着一堆堆打好的猪草。我悄悄跟在她们的身后，从每一堆猪草里分走一部分，不大会儿就能凑满一竹篮，开始她们都很惊讶，夸我打猪草的速度快，但没过多久，我的诡计就被她们识破了，每个人不再往地里堆猪草，不论打了多少，都会随手扔进竹篮里，并且是走到哪儿竹篮就背到哪儿。在众多姐姐中，还是桃子对我比较好，她把自己的竹篮打满后，就会帮我。我俩背着猪草，从那些陡峭的山路上往家赶。月亮出来了，清辉之下，官抵坎呈现出一片幽暗之色，包裹着我们的松林、房屋、悬挂在窗前的灯盏。有时村口的竹林中会斜刺里闪出她母亲，抱怨她手慢，一箩筐猪草竟然花了整个下午，边说边伸手接过桃子背上的篮子。

我和桃子同岁，她大我几个月，村里人经常拿我们比较，总说女孩比男孩省事早。五年级暑假刚过，我考上初中，也正是这一年，桃子辍学，她没有考上。仅几年的时间，我们朝着各自的方向行走，竟然变得像两个陌生人，有时村里遇着也只彼此点头嗯哼而过。桃子嫁人那一年我已经离开仁和镇，去了滇南一个师专读书了。好几次听母亲说起，她们小两口婚后去了浙江打工，凑了本钱后返回镇上开了个羊肉米线馆，起早贪黑的，也存下不少钱，估计以后还想做点儿大买卖。

再次见着桃子，又是几年后的事了。那时她已经是两个孩子的妈，在社会上拼搏了几年，多了不少见识，整个人也外向和自信了很多。那时我已经在镇雄城里工作，桃子到城里来购物，作为老家来的亲戚，中午我请她到家里吃饭。和她一起来的，是她在浙江打工时认识的朋友，家就住在城郊的某个村子里。她们商量好要去荔波县旅游，我在心里还暗自羡慕她，觉得自己读了这么多年书，到头来还是困在生活的泥淖中，还不如桃子她们那么潇洒，想去哪儿就去哪儿。

几天后的一个早晨，桃子敲开我的门。她说，原本这次要去荔波县玩，但是途经贵阳时，她那朋友的亲戚打来电话邀请她们去广东玩，正当她俩准备购买高铁票的时候，那亲戚又来电话了，说他有事晚上要飞广西北海，让她俩去北海和他会合。也就这样，桃子跟着她的朋友一路辗转到了北海，那朋友刚开始的那两天带着她俩四处游览，每天好吃好喝供着，但奇怪的是，两天过后，那人带着她俩到处去找老乡串门，每户人家无论开始聊啥最终都会把话题转到"1040"工程上去，据说这种工程只要入股六万九千八百元，三年后就能赚到一千零四十万元。桃子的朋友似乎看到了发财的机会，当晚就到处向亲朋好友借钱，还神秘兮兮地绕着话，生怕别人知道她借钱的用途。桃子觉得这事不太可靠，可能是"传销"，遂悄悄提醒了朋友，可那女人认定了这条生财之道，对着桃子苦苦相劝，桃子也有些犹豫了，但她俩准备回家后再考虑一下，可能的话两天后就能入股。当桃子口若悬河地给我讲完这件事情的时候，我突然提出一个疑问："你的朋友和对方是一伙儿的？你才是他们的目标。"听我这一番分析之后，桃子似乎觉得不可思议，但她还是不太相信朋友会害自己。

几个月后，桃子一直没有告诉我这件事情的结局，我预感到不妙，立即拨通她的电话，可是已经没人接听。后来坊间到处传闻，桃子最终还是被传销洗脑了，倾家荡产，几年的积蓄一夜成空，就连镇上的米线馆也关了门，全家人不知所终。

7

打小开始，村里就有这样一个傻姐，无论春夏秋冬，都穿着同一件臃肿的棉衣，整个人像一只动作缓慢的笨熊，经常步履蹒跚地在村里闲逛。她身后总是跟着一群淘气的孩子，他们追着她叫骂"傻子、傻子……"。有时她佯装弯下腰去捡石头，那群淘气鬼见后会忽然一哄而散，反反复复很多次，原本走路就慢的傻姐因此就变得更慢了。记得有一次，傻姐蹲在路旁纹丝不动，像一个小山包，两匹马打架，在追逐中竟然从她身上一跃而过，众人都在避让，就她毫无知觉，马也没有发现她。她像一个家庭里多余的部分，回到家里就给她一碗饭吃，不回也没人去找。傻姐为什么会傻，这个不得而知，但以前的农村医疗条件极其落后，几乎每个村子里都会有几个傻子，像从正常的身体中挣脱出来的野兽。

傻姐后来离开了我们，嫁到另一个村里去了，她的丈夫也是一个智障，这家人娶她据说是为了"传香火"。但是傻姐嫁去他们家两年了，仍未得一儿半女，这时候夫家才觉得娶了一个累赘，经常打骂她。开始她被打，还会痛苦得嗷嗷直叫，后来被打的次数多了，似乎变得麻木，无论她的智障丈夫如何对她施暴，她都像一堆石头那样沉默。我在想，一个人，需要多大的能量，才能将痛苦需要发出的声音憋在体内。哦，或许那时候，她只是身形还像人，而灵魂内部的构造已经混乱不堪，神经末梢的感知点被一次次的疼痛覆盖了，像人的手心因长期被器物摩擦而长满茧子。她累了就在地上睡觉，有时候甚至在家门口的田地里过夜。其实傻姐离娘家也就几公里远而已，她经常遭受家暴的事情家里人也都知道，可就是没有一个人愿意接她回来，心里虽然难受，但谁要是把她接回来就是给自己增加负担，也只好忍着。其实傻姐嫁到丈夫家后，很多次都想自己回娘家，人们说她的记忆只能走出家门几百米，便会迷失在山中，所以她每天只能重复着同一距离的路线，在半截蜿蜒崎岖的山路上徘徊。

也不知什么时候，傻姐就死了。夫家潦草地办理了丧事，将她埋在路边上，那是一个极其寒酸的土堆，甚至没有砌石头，他那傻子丈夫家只是将她简单地埋进墓穴里，挖了几撮箕泥巴掩上。那泥巴也没有夯实，堆到一定的高度便不能再往上了，大颗的砂石从尖尖的顶上滚下来，在四周围城一个圈儿，任由圈儿多大，坟就多大。坟的面前，就是她生前反反复复地走过的那条路，那条路延伸到很远的地方，远远望去，就像是从坟里拖出来的一样。后来我们多次经过傻姐的坟，可是谁也不会再想起她，那坟上长了很多草，清明也无人挂青，时间长了，倒越来越不像一座坟了。由于那是一条泥泞路，进出村子的人们经过那儿，都会不由自主地踩进她坟头的草丛里，借用草尖上的露水擦干净鞋底的泥。而那坟里，就躺着傻姐，生时备受蹂躏，死了仍然逃不脱被践踏的命运。

8

20世纪90年代，打工的热潮像一股巨大的力量，在封闭的小山村打开了缺口，人们像过江之鲫，从那儿纷纷游向更为广阔的天地。雪姐就是那个时候，随同村里第一批外出的人去到广州的。在中国的打工史上，第一批外出的人最值得同情——远方藏着万家灯火，却没有一束自己的光。在灯火辉煌的陌生环境中，他们一定迷惘过、惊慌过，就像一条泥鳅突然被放进新的水田里，无边的清澈之中，一团笼罩着自己的浑水瞬间被搅起。这不像后来的打工族，去到哪个城市都有亲朋好友接济，不至于流落街头。第一批去打工的人，一切都得靠自己，为了尽快稳定下来，他们没有选择的余地，任何又脏又累的活儿都会接手，他们就这样一点一滴积累力量，一步一步地在城市里扎稳根子，他们在郊区或者某条陋巷中的出租屋，成为后来的打工者们借以临时寄身的落脚点。那时的农村人在观念上还没有完全接受打工这个事实，尤其是女孩子去了大城市，无亲无故还能稳定下来，很多人就会擅自揣测，有的人甚至会将自己臆想中的事情当作小道消息四处传播。他们说雪姐做了"鸡婆"，那时我虽不知道这是何种职业，但从他们神秘的交谈与猥琐的表情中，猜得出这并非什么光彩的事。雪姐从小爱美，每次背菜上街去卖，凑了足够的钱就去买雪花膏。记得她第一次穿着健美裤从村里穿过的时候，很多人就背地里说她是"骚货"。雪姐去了广州回来后，涂了口红，戴了大耳环，村里很多人说这种装扮要电视里才有，并坚信雪姐是个"鸡婆"。而事实上，雪姐是在一家餐馆里做领班，并非人们所说的那样。

关于雪姐的流言蜚语越来越多，经常有年轻人出入她家，甚至心里想着苟且之事，占语言上的甜头，没有人真心实意想娶她。先是她的母亲逐渐扛不住了，后来她家里所有人见着她，都在刻意疏远。某次，他哥哥在集镇上，和几个年轻人开玩笑，对方是些小流氓，直接说雪姐在广州做"鸡"，他哥哥恼羞成怒，跑回家抓起雪姐的头发狠狠地揍了一顿，从那以后，雪姐便对这个家死心了，独自在某个深秋，毫无征兆地再次离开了官抵坎。这一走就是三年，三年间杳无音信。这时雪姐的母亲才开始紧张起来，她时常梦见雪姐哭喊着向她呼救，身上血淋淋的。加之去广州打工的人回来说，在城里听见有无头女尸，雪姐长得漂亮，一个人在外面的城市漂泊，那时候治安不好，估计凶多吉少。雪姐的母亲经常在集镇上去找"谢八字"测字，每次那老先生也都面露难色，只是摆摆手，摇摇头，钱也不收。他这个样子，往往让雪姐的母亲在街中间走着走着就停下来失声痛哭。雪姐的母亲后来找人"观水碗"，据说作法的巫师能在水碗中看出一个人的前世今生。后来村里都传开了——雪姐死了，巫师在水碗里看见她死在一条大河里，尸体在波涛中浮浮沉沉了好几回。此后逢年过节，雪姐的母亲都会在村口烧一堆冥纸，泼一碗水饭，以便让这个客死异乡的孤魂能够重回故里，下辈子投胎选户好人家，做个良人。

几年后，也是春节，其他人都挤在隔壁的屋里等着看联欢晚会，忽然有人推开门，隔着昏暗的灯光，朝着那个佝偻着身子的老妇人叫了一声妈，老人以为是电视里的声音，但似乎又有点儿熟悉。她缓缓地转过身子，顿时吓了一跳，面前站着三个人，定睛细看，原来是自己的女儿，老妇人几乎晕厥过去，等到完全清醒了，身边已经围着许多人了。老人家扯开嗓子痛哭起来："我的儿啊，这些年你是跑哪里去了啊？一点儿音信都没有，我们都以为你死了。"母女俩抱着哭了半天，擦掉眼泪，情绪稍微平静些后，雪姐随着桌子上摇曳的烛光看过去，一摞摞冥币垒满了桌面，其中有一摞还清清楚楚地写着自己的名字，因而内心深处的痛楚再次泛起，她也放声痛哭起来，一家人围着她，个个心怀忏悔，任其边哭边倾诉心中的苦楚。

自上次雪姐离开官抵坎，已经八年了。随着她嫁人后，女儿的诞生渐渐让她宽恕了以前所遭遇的一切，这才带着丈夫和女儿回家探亲的。她丈夫是广东梅州人，做木材生意，足足大雪姐二十岁，这又成为许多人在背后诽谤她的理由。春节刚过，雪姐一家就回广州了，只是没过多久，村里的人们就忙活起来，将几条泥泞路全部硬化了，据说砂和水泥全是雪姐出钱买的。其他村子里的人来到官抵坎，都会由衷赞叹——这是方圆几十里，最干净的路。

9

像从未绽放就已经开始蔫败的花蕾，零落成泥碾作尘，青春急促，短暂如一声叹息。可无论如何，珍姐到底还是在我记忆中留下了很深的印象——我父母曾亲自去她家门上提过亲，差点儿她就与我哥哥结为连理，和我们成为一家人。珍姐最后嫁给了我们村一个不务正业的青年，那家伙性格暴躁，做事从来不靠谱。

印象中珍姐极为单薄，走路似乎都没有声音，在家做姑娘的日子里，她脸颊尚有丰腴，看起来长相还算过得去。可婚后没几年，她脸上的颧骨便一个劲儿往外凸，端着两颗落进眶里的眼珠子，游魂般在我们的生活里时隐时现。有时候她遭受男人的家暴，从家里逃出来后，流着眼泪朝娘家跑，可这"嫁出门的女，泼出门的水"，娘家人不便干涉她的家事，每次都是将双方喊到一起来，好言好语相劝。珍姐遭遇最为严重的一次家暴，她男人竟然用秤砣在她头上砸开一道血口，这回她娘家几十人冲进她家里，但她男人早已闻风逃走，出去躲了一段时间后，又恬不知耻地回家来，像什么事都没发生过一样。农村女人胆小，心慈，为了孩子，什么事情都可以忍气吞声，即便后来她还是会遭受男人的家暴，但这对"孽缘"却始终还是没有被拆开，直到后来，一个石破天惊的消息在我们村传开。

那是七年前，几个陌生人悄然潜入我们村，在黑夜中摸索至珍姐家，忽然破门而入，直接从被窝里将她夫妻二人铐起来带走，人们第二天才听说，珍姐夫妻二人因为贩毒被公安局拘捕了。让所有人最为惊奇的是，珍姐他们一家四口住在陈旧的木瓦房子里，生活捉襟见肘，怎么看也不像是贩毒的人家。村里流传着一些小道消息，说是她男人的姐夫是靠贩毒起家的，珍姐夫妇第一次为他送货就被抓了。珍姐的男人平时嗜赌成性，做事没有责任心，可是这一次他的表现却让村里很多人都为他竖起拇指，说他终于像个男人了——他把罪全部顶了，一口咬定贩毒的事情和妻子无关，所以自己被判了死缓，而珍姐进去几个月后就出来了。珍姐仍然悄无声息地活着，时而出现在某道沟渠旁，时而出现在某片玉米地里，每天任由两个孩子在山野或者树下睡觉。村里很多人都心疼珍姐，年纪轻轻就要守活寡，关键是一个人带着两个孩子，她那原本就已经瘦骨嶙峋的身体如何扛得住。天好地好啊，她离娘家近，不论是照看孩子还是农忙时节，娘家人都会帮她一把，日子虽然难熬，但勉强能过下去。

但两年后珍姐独自去浙江打工了。开始我就在怀疑，像她这种即没力气又没技术还不喜欢开口说话的人，有什么工厂能够接收她呢？我的怀疑很快就得到了验证，珍姐因为贩毒人赃并获再次被捕。这样夫妻二人就天各一方，关在不同的监狱，等同于两粒尘埃，被命运的疾风刮进了时间的缝隙。

10

　　春天，我们回到官抵坎，阳光照耀着这个村庄，多年来，它发生了很大的变化，曾经的土坯房、木瓦房等全部坍塌甚至已经被拆除，取而代之的是一座座钢筋混凝土铸就的楼房拔地而起，看不出任何萧条的迹象，只是比之以前，它似乎变得更加寂静了。村里的小路有的已经改道，有的已经消失，还有几条弯弯曲曲穿过原野，伸向更加开阔的地方，唯一没变的是层出不穷的姑娘草，仍然密密麻麻地生长在旷野中，在微风的轻抚下摇曳着，又或者，瑟瑟发抖。

在上凹村

上凹村是昆明关上的一个城中村，十五年前我曾在此度过三个暑假。那儿龙蛇混杂，许多搬运工、泥水匠、摩的师傅、小摊贩、小流氓、毒贩、陪酒女郎等都寄身于那儿。周围污水横流，垃圾遍地，电杆上、厕所里全都贴满了治疗性病、办证、代人收账、找工作等小广告，街边上净是杂货店、台球室、发廊以及油烟满灶的小餐馆。楼房与楼房之间，天空被无数交织的电线分割成条状的蓝，摇摇欲坠。我整天无所事事，就在村里游荡，有时去到铁路边，看火车哐哧哐哧地穿过，它将落日的余晖碾碎了，血一样铺开在轨道上，我时常感到，像上凹村这样的地方，就是城市的旋涡，生活将无数破败的家庭或者在温饱线上挣扎的灵魂置于其中，旋转，搅拌，打成浆，补贴在自身的缝隙上，以此让一座座城市在欲望的纵容里释放着猩红的光芒。

上凹村以它便宜的房租吸引着山南海北的廉价劳动力，在无依无靠的城市，他们三五一群，以血缘、夫妻、老乡或者朋友等关系住在一起，便于相互照应，抱团抵御来自外部时有发生的冲突或伤害。我曾亲眼看见村中的空地上，几个血肉模糊的广东人倒在沙土里，周围遍布一块块断裂的板砖，都是在他们身上砸碎的。打人的那伙人中，一个粗壮的妇女见警察来了，仍然不管不顾地拿着砖头狠狠地砸向沙土里的人。警察不得已拔出枪，才把混乱的局面控制住。听那妇女嚷道，前些日子她从村里经过，这几人抢走了她的金项链，没想到后来狭路相逢，又让她碰上了。像这样的打斗场面常有发生，很多时候，等到警察来了，滋事者一溜烟便消失在某条巷子里，许多案子就这样摆在长篇累牍的笔录上，被若干问号压成一堆堆废纸。每个城中村，都有它的江湖，大家平时本着人不犯我我不犯人的生存法则生活，可这法则一旦被打破，暴力与血腥便会氤氲出来，像弥漫在江湖之上的一层流岚。

　　我的亲戚们，全部住在上凹村，要拐几个窄巷，才能到达他们住的那栋楼。通常阳光是免费的，但是到了楼里，就获得了价格，光线好的房间，租金也就贵一些，为了省钱，许多人都选择住在狭窄黑暗的房间里。那时姐姐家住在二楼，一条漆黑的长廊连接着七八间房屋，里面住着各种来历不明的人。偶尔他们也会来串门，其中有个姑娘是卖菜的，某个深夜，我听到她在走廊尽头的屋子里号啕大哭，她刚刚做了人流手术，男朋友却消失了，对方家住哪儿姓啥名谁从事什么职业她概不清楚，大家都知道她被骗了，但除了同情之外也都爱莫能助。还有一个姑娘，在夜总会陪酒，有时没有揽着生意，就会提前下班，到处找人喝酒，偶尔我们在巷子里遇见，彼此莞尔，但看她倦容满面，苍白无血色，我就知道她已经染上毒品了……我不知道，到底有多少黑暗的房间、有多少没有尽头的走廊、有多少破败不堪的灵魂，被上凹村这样的地方，折叠进城市的边缘里。

我喜欢黄昏的时候，独自走向村口。一出村口，就是车水马龙的城市，人们在喧嚣中赶路，似乎每个人都有归处。站在人头攒动的街边，我不敢走得太远，总担心会被城市的人流吞噬，而那些灯火连绵的尽头，总有某种力量吸引着我往前走，就像过河，我只能试探性地走出去一段距离，又回头看一眼上凹村，它背对着城市，大部分陷入暗淡的光影中。偶尔我会看见我的姐夫，他骑着摩托车穿过人海，我追着喊了几声，他听不见，整个城市都在压低我的声音，所有的声音都在涌动，淹没着他的名字。那时他已经在上凹村住了将近十年，每天的工作，就是将陌生的人们送往目的地，而他无论跑出去多远，最终还是会回到上凹村，把摩托车摆在街边，等待下一个陌生人前来问路。他几乎熟悉昆明所有的道路，却找不到一条能将自己送往心灵的归处。人潮退却，村口的路灯照着幽深的巷子，摆地摊的老人正在背着几捆旧书，颤巍巍地从里面走出来，就像一个死结，将上凹村敞开的村口拉拢，束紧。

十年之后，我与友人驱车经过关上，他突然指着立交桥下灯火璀璨的地方说，你还记得当年的上凹村吗？哦，我当然记得啊，但是友人不说的话，我是认不出的，拆迁后重建的上凹村，已然成为城市的一部分。随着车渐行渐远，透过后视镜，我似乎在上凹村迷乱的霓虹中，隐约看到了无数黯黑的光斑在快速地晃动。

过双马杆

1

山间有流岚，淡而轻薄地悬在低空。稀稀落落的几户人家，偶尔在朦胧中浅露半角屋檐，村庄修到山势起坡的地方，便停留在大片的苜蓿中。羊肠小道从村里穿过去，起伏在满山的灌木丛里，引领着我们去往山的高处。山顶上有片原始森林，名叫双马杆，我们此行，就是要穿越它。数十人沿着小路，不可并肩，只能络绎而行，往往是先头者已经抵达山腰，后面的人还在山脚下虫子般蠕行。暮色四合，还要赶很远的路，有人在山腰上大喊"跟紧啦"，声音在半空中回荡着，间或被风刮去周围的林中。

也不知道走了多久，天黑得越来越稠了，路也没那么陡峭了，想必是已经到了山脊上，大家的身影隐没在黑暗中，只能看见手电筒的光束在枝叶间晃动。我们要赶到护林站露宿，它在森林的深处。

也许森林里根本就没有路，如果真有，也是在带路者的心中，这些常年在山中生活的人，有着野兽般的记忆，摸黑前行也能知道护林站大体的位置。层林密集，枝丫交错，脚下软绵绵的——有的是地衣，有的是长年累月的腐叶，每一脚踩下去，都能感觉到身体在缓慢地陷落，我们时而低头，时而弯腰，似乎这丛林中，有一条荆棘编织的通道，它的尽头是草木遍地的人间，这里的成员是奇花异木，参天古树，沉默是它们的语言，青苔仅只是它们对时间的挑衅。树顶上偶尔会滴下一滴水，不偏不倚地掉进谁的后颈窝里，凉意顿时会从脖子里贯穿全身，有人因此尖叫起来，吓得几只鸥鸰拍打着翅膀飞出丛林。空气中突然弥漫着警觉的气息，可能在森林深处，或者某棵大树背后，各种动物正在侧着耳朵，捕捉我们的跫音。这原本的清幽之地，寂静被打破了，有人边走边唱，歌声就像森林里从未有过的植物，它朝着寂静的裂口生长，就像有的植物喜光，有的植物善于攀附。

　　即便看不远，也能感受到逼仄的空间敞开了，周围的树木撤退到突如其来的开阔之外，我与先头的几位提前抵达了地势平缓的山坡上。

　　走出森林，关掉手电，世界沉浸在一片死寂中。稍微多站一会儿，你会发现，在原本浑浊的夜空下，事物慢慢呈现，夜晚并没有那么漆黑，树影、山脊线、泛着灰白的天空依稀可见。而在我们的右前方，硕大的黑影盘踞在缓坡上，它的内部不时晃荡着一丝金色的火焰，那就是护林站。

2

　　哐当，我推开护林站的门。那门似乎很少被推开，或者关上，它在门框里待久了，暗中长大了点儿，推起来有些生涩。在长久的寂静中，"哐当"之声已如天塌般的巨响，突然将一张蓬头垢面的脸从幽暗中震出来，那是一个中年男子。他从板凳上蹿起，或许是受了点儿惊吓，看清楚推门的是个人后又缓缓坐下，沉默着没有搭理我。他面前的炉心里，燃烧着碗口那么粗的一截木桩。火焰抱着木桩，从炉子里怒冲冲地往外蹿，不时还发出噼里啪啦的声响，每一次声响，都会有几粒火星子从炉心腾空而起，被火气冲到火光之外，飞着飞着就熄灭了，化作尘埃在黑暗中静静飘落。炉盘上摆着一把锡壶，被烟子熏得黢黑，我掂了一下，有些沉，问道："酒吗？"这山顶上人影儿都见不着，喝点儿酒可以消磨时光。他也不叫我喝，半晌后，才说了个"茶"字，那声音就像从喉咙深处刮出来的，低沉而又沙哑。他仍然深陷在暗淡的火光里，有时候风从门缝里吹进来，把火苗压向他那边，他会侧一下身子，伸手去拨弄炉火中的木柴，木柴放进炉火后，又溅起大量的火星子。偌大的森林中，只有他一人，除了去森林里面巡查外，或许更多的时间，他就坐在那角落里，任眼前的柴火永无止境地烧下去。突然他往地上吐了口痰，抬高嗓音，似在自言自语，又似在和我说话："这山上很久没人来了，哪来啥子烧酒。"人的语言功能长期不使用，慢慢地是会退化的，见我对这山上的生活很好奇，他也就打开了锈迹斑斑的话匣子，和我有一搭没一搭地聊起来。我递给他一支烟，问道："平时怎么吃饭啊？"他似乎很久没有抽过纸烟了，叼着从柴火上点燃，头发被火苗烧卷了一撮也不当回事，只顾深深地吸了一口，烟雾憋在嘴里，半晌才吐出，刚从嘴里吐出来，又被鼻子吸了进去，随后说："有人上山来，每次会带几十斤大米。"我又问："肉呢？"他答："下面沟头有鱼，林子头也有很多竹鼠，抓来煮了就吃。"我故意逗他："山上有没有女人上来过？"他嘿嘿地咧着嘴笑，那笑里藏着些许羞涩，答道："母野猪倒是多。"说完后又忍不住笑起来，带着几声强烈的咳嗽，身体痉挛了好久。待稍微平静后，他主动给我讲："女人嘛，前几年我在广东也有过。"我佯装羡慕，他还想接着往下说，这时有人"哐当"一声又推门而进，从背上放下来一桶酒。本次活动是县里林业局组织的，请了山下的村民背了三十斤酒，一路上跟着我们走。一看有酒喝了，他便迅速站起来，窸窸窣窣从窗台上摸出一只脏兮兮的土碗，满满地倒上，搁在炉盘边，不一会儿碗口上就飘了一层灰尘，他端起深深喝了一口，用袖子擦了碗沿，龇着牙递给我，我也啜了一口，擦了碗又递给他。也不知往复多少次，夜空中有人喊我，我才去了楼上，把他独自撂在那角落里，继续醉生梦死。直到最后我也不知道这人的名字，第二天也没有再见着他，无缘之人，即便相见，也只能是在黑夜中。但也正是这样的夜晚，让我窥探到一个护林员内心的孤独，那里生长着一片原始森林，阳光，永远也照不进去。

那晚夜雾大，屋外潮湿。几十个人挤在护林站的楼上，就地铺着睡袋打起呼噜来。我辗转反侧，总是难以入睡，隔着夜色也能感觉得到这房子的破旧，几间屋子，均没有门窗，但不会担心有野兽闯进来，我曾听老年人说过，有人居住的房子，即便门开着，动物也是不会轻易进去的。早些年读《山海经》，知道每座山都有属于自己的神灵，如果双马杆上也有的话，此时它一定化身为草木，或者叶尖上的清露，正站在高处的丛林中观察着我们，在神灵看来，我们所有的努力都是如此徒劳，这些横七竖八地躺着的人类，在森林中，像一丛被时间与宿命的疾风折断的荒草。半夜时分，寒意从身体下浮起，我将整个身体缩进睡袋里，那睡袋就像蚕茧，将我全部裹住，我在里面静思，劝自己睡去，等待天亮后被孵出。

3

翌日醒来，天已大亮，站在护林站的楼上，可以看到郁郁苍苍的森林从眼前绵延到天边，像无数高举的手，将一轮红日抬出山头。"蝉噪林逾静，鸟鸣山更幽"，世界耽美于道法自然之中，人反而显得多余。昨晚带路的人反复交代了，山中没有手机信号，不能单独出行，若遇到野猪或者老黑皮（熊），不要挑衅，通常情况下它们是不会主动攻击人的，尤其是野猪，性子太烈，一旦被激怒，会对人紧追不舍，即使你爬树了，它也会想办法啃烂或拱翻树根。我们七八个结成一群，到处去山中游荡，所到之处，多是人迹罕至之地。在众多树木间，我老远就认出了珙桐，那是国家一级保护植物，被誉为"中国的鸽子树"，那棵珙桐开着白色的花，瀑布般从树冠上泻下来，实在壮观。还有一丛丛罗汉竹，密集地生长在沟边，鲜嫩的竹笋刚破土不久，指尖轻触，就能掰在手里，我们把衣服脱下来，在腰间扎了个兜，里面装满了鲜笋。仲尼在《论语》中说过，"多识于草木鸟兽之名"。或许他早已知晓，与人类相比，它们更懂得诗意地栖居，更接近"诗"的本质吧。可面对这浩浩荡荡的森林，我的认知实在狭隘得令人羞愧，能叫出名字的仅有云杉、红豆杉、梧桐、蕨类、飞蓬、青蒿等，还有若干植物，我叫不出它们的名字，又或者它们根本就没有名字，它们只是默默地生长着，在这人间领受属于自己的那份蓬勃与委顿。

中午的阳光过于强烈，人们三五一群，七零八落地躺在林荫下歇凉，平时忙得晕头转向的人，想要获得片刻的安宁，只能来到这边远的林中，出窍的灵魂才会返回身体，人因此而获得了一种慵懒与松弛，反而呈现出难得一见的自然。远处的山坳里，电锯的声音一直在轰鸣，那是邻县管辖的林区，盗木贼正在贪婪地伐木，一棵棵大树就这样应声倒下，运走，剖开，刨光，被欲望改装成顶梁柱、飞椽、檩木、连檐等，换一种方式，继续承接经年的风雨，承接另一种烟熏火燎的命运。盗木贼几乎到了明目张胆的地步了，原因是这森林太大，护林员又少，即便听到有人在伐木，等你追到那儿，人早已逃离。何况这森林中的声音，往往是不具体的，你听着它是从东面传来，而事实上很有可能那只是另一个方向传来的回声，有时觉得那声音就在眼前某片林子里，但真要走起来，还不知在多少公里外呢。

太阳又要落山了，宁静的黄昏中，人们披着暮色，纷纷诉说着森林不为人知的秘密，陆续从四野返回护林站。护林站前面宽敞的坝子里，已经架起了篝火堆，不远处的地埂上，土灶烧得正旺，一锅羊肉早已炖熟，风卷着它的香味，到处飘荡。——想起来了，早上出门的时候，我看见一只羊被拴在草丛中，还以为是护林员养来做伴的。而事实上，为了解决我们此行的伙食，这羊昨晚才跟随我们翻山越岭，从山脚来到了这儿，它可能都没有想到，它来到了自己的刑场，魂飞魄散在我们的身体里。感谢羊啊，赐予我们能量，让我们继续穿行在林中，穿行在人世，我们每个人终将长成你的模样，也会去到自己的刑场，借你的命，终将归还给你！

晚饭是从黄昏时候开始的，羊肉煮青笋，这应该是世界上最鲜美的汤。每人盛上一碗，热气氤氲，先别忙着喝，得让它在晚风中凉会儿，端到鼻尖下嗅嗅，陶醉一番后再仰脖子喝下。这羊汤进入身体后，感觉每根血管里，都有朵奔跑的小火焰，刹那间就能逼走山中渐起的寒意。这时大家才端起酒，站在林间空地上，推杯换盏。篝火也燃起来了，人们围着载歌载舞。这篝火燃烧的形状，像一座火焰做的塔，而这塔中所供奉的烈火，正是所有森林的魂魄。这边彝族小伙才唱完，那边苗族姑娘又起舞，我们几个没有才艺的粗人，在酒劲的怂恿下，也不甘示弱，扯着破锣嗓子唱起镇雄山歌，"咏歌之不足，不知手之舞之，足之蹈之也"。其间，每见篝火阴下去，我便往柴堆上泼酒，每泼一次，那火焰就会飙到一人多高，火光将黑夜揭开，露出一张张红通通的脸。我向来不胜酒力，但喜豪饮，酩酊之际，踉踉跄跄地冲进人群中，东施效颦般乱舞起来，朋友们调侃我跳得像招魂的巫师，像祭祀的现场——好吧，魂归来兮，被砍倒的树，被宰的羊……几个小时的欢歌热舞后，篝火熄灭，森林寂静，许多人被酒精发酵在草地上，黑夜挪了过来，将他们一一盖上。那晚我也不知道是如何睡去的，第二天被鸟鸣惊醒后，发现自己竟然躺在帐篷中，惊悸之余，赶忙拉开帐篷，紧接着便被眼前的景色所感动：大地端来一座山谷，在里面满满地注入洁白而又柔软的雾霭，就像有人端着杯牛奶，为了等你醒来，一直候在帐外。

4

第三天早上，我们继续穿越在漫无边际的森林中。几个村民已在前面开道了，他们是此行最辛苦的人，每个都负重近百斤，有的背着炊具，有的背着食物，有的背着液化灶，有的背着燃气桶，为了提前到达目的地做饭等我们，他们几乎是在森林中奔跑着，像几个慌不择路的逃亡者。我们沿着他们路过的地方走，杂草倒伏，露水抖落其间，偶尔还能看见某个山坳或者沟边，有简陋的窝棚，这说明有人曾经来过，真是不可思议啊，若非走投无路，谁会来到这种人迹罕至的地方呢？他（们）到底是谁？为何来此？林业部门的人给了我答案：这地方交通闭塞，偏僻落后，森林周围都是一些穷苦的人，每年春天，竹笋破土后，他们就会携妻带子，摸进森林里来掰笋子，以便拿到乡镇集市上去卖，这是他们一年中唯一的经济收入。为了掰到更多的笋子，他们要提前几天进入森林，守着竹笋拔节，不然就有可能长成竹子，或者被别人掰走。我无法想象他们在此中生活的情景，尤其是在夜间，要忍受寒潮侵袭，还提防野兽的威胁，更要命的是，那些明月高悬的夜晚，这比森林还要宽阔的孤独，需要他们一分一秒地熬过去。不过，或许是我矫情了，很多时候，我们认为无法承受的瞬间，其实，那是别人的生活。

草木皆是兵，拦在跟前，有些叶片上，布满锋利的锯齿，稍有不慎，就会在裸露的肌肤上划出一道道血槽。我们背着行李，左避右绕，在枝叶交织而成的穹顶下穿行。天空在叶片的间隙中，被撕成碎片，正随着透进来的光束在森林的植被上形成斑驳的光影。多人才能合抱的大树上长满厚厚的青苔，常年的尘埃堆积在某个树杈或者皲裂的树皮中，给了风雨中飞翔的种子扎根的机会，树上长树，一种生命寄身于另一种生命中。地上盘根错节，一棵老树倒下了，千千万万的幼树站起来。也有的大树横亘在地上，不知经历了多少年的风雨侵蚀，仍然还保持着树的模样，腐朽与溃烂隐蔽在时间中，不动声色。但只要谁一脚踩上去，就会在那树干上踏出个大窟窿，成千上万的白蚁还在里面做着千秋大梦，殊不知"屋顶"就这样被掀开了，突然暴露在阳光下的它们，乱作一团，惊慌失措，冲冲撞撞，四处逃窜。这些隐秘的生命，活在阳光的背面，靠啃食黑暗过日子，竟然也被养得白白胖胖的。大家走了几个小时后，汗水把衣服湿透了，身上似乎快要长出新的嫩芽来，森林中到处都是生长的欲望，无论任何东西，只要在它特有的温度和湿度中经过，生命的力量就能被催生，自己在自己的身体上破壳而出，并在瞬间就能葳蕤起来。

原本觉得能够通行的地方，大地绵延到自己的边上，突然陷落，亮出数丈高的山崖，等我们通过。人的一生，要经历多少悬崖，才能走到平坦的路上？面对森林给予的考验，没有人退缩，大家互相搀扶着，拉紧悬挂在崖面上千丝万缕般的蔓藤，荡着越过悬崖，下面是山谷，河流安静地流淌着，谷内多是落叶、断枝、长满青苔的石头，有些地方，淤泥掩埋着各种各样的木头，假若给它们足够的时间，也许就能变成阴沉木。穿过山谷，沿着陡峭的山沟，我们在晌午之后登上又一座山顶，那是开阔的地方，也是森林和村庄的分界。往左眺望，可以看见许多枯树——它们太安静了，以至于死在自己的身体里还在浑然不知——矗立在山崖上，形成一片巨大的死亡森林，触目惊心，有的似乎呈现出莫可名状的痛苦，光溜溜的虬干扭曲在空中，枯死之前，好像经历过长久的折磨。向右眺望，人间烟火飘荡，尘世在那儿等着我们，那是另一片森林，我们一生都在穿越，却从来没有抵达过它的尽头。